سانپ اور آئینہ

(افسانے)

ویکوم محمد بشیر

Saanp aur Aaina *(Short Stories)*
by: Vaikom Muhammad Basheer
Edition: April '2025
Publisher :
Taemeer Publications LLC (Michigan, USA / Hyderabad, India)

ISBN 978-93-6908-297-1
9 789369 082971

کتاب	:	**سانپ اور آئینہ** (افسانے)
مصنف	:	**ویکوم محمد بشیر**
اردو ترجمہ	:	مسعود الحق
صنف	:	فکشن
ناشر	:	تعمیر پبلی کیشنز (حیدرآباد، انڈیا)
سالِ اشاعت	:	۲۰۲۵ء
صفحات	:	۱۵۴
سرورق ڈیزائن	:	تعمیر ویب ڈیزائن

فہرست

محبت نامہ

میری پیاری سراما!

میری پیاری ساتھی، وجود کے اس مختصر لمحے میں جب زندگی جوانی کے جوش سے ابلی پڑتی ہو اور جب دل محبت کی خوشبو سے معطر ہو۔۔۔

جہاں تک میرا معاملہ ہے، میری زندگی کا ہر لمحہ سراما کی محبت میں گذرتا ہے۔

اور سراما، تمہارا

میں اپنے اس خط پر اچھی طرح غور کرنے اور ایک خوبصورت اور مہربان جواب سے سرفراز کرنے کی التجا کرتا ہوں۔

سراما کا اپنا

کیساون نائر

کیساون نائر نے خط مکمل کیا، چاروں طرف نظر دوڑائی۔ خوشگوار احساس سے اس پر جیسے ایک سرشاری طاری تھی کہ سراما اس کے پیچھے کھڑی ہے اور بڑے دلفریب انداز میں مسکرا رہی ہے۔۔۔ محض ایک واہمہ۔ اس نے خط ایک بار پھر پڑھا۔ اس میں شاعرانہ کیفیت تھی، نغمگی تھی۔ اس میں فلسفہ تھا، اسرار بھی تھا، مگر اس میں کیساون نائر کے دل کے سارے بھید کیوں نہیں تھے؟ بہرحال، خط اس کی توقع سے کہیں زیادہ اچھا لکھا گیا تھا۔ اس نے خط کو تہہ کیا، اپنی جیب میں رکھا اور بینک سے نکل کر سڑک پر آ گیا۔ اچانک

اس کے دل میں ایک خدشہ پیدا ہوا۔ خط دینے پر سراما اس کا مذاق اڑائے گی؟ یا وہ جواب بھیجے گی؟ جواب کیا ہوگا؟ سراما میں جس مزاح بہت ہے اور اسے دوسروں کا مذاق اڑانے میں بڑا مزہ آتا ہے۔

اسے ایک واقعے کی یاد آئی۔ وہ اس سے باتیں کرنے میں محو تھا۔ وہ دونوں عورتوں کے بارے میں لطیفے سنا رہے تھے۔ سراما نے بتایا کہ ایک بہت بڑے شاعر نے کہا تھا کہ عورتیں خدا کی بڑی عظیم اور محترم تخلیق ہیں۔ کیساون نائر اپنی ہنسی ضبط نہ کر سکا اور جواب میں بولا، "عورتوں کی کھوپڑیاں خیالی پلاؤ پکاتی ہیں۔" اس نے ایک معروف آدمی کی کہانی سنائی جس نے سات شادیاں کی تھیں۔ اس کی ساتویں بیوی ایک دن پتھر کے زینے پر سر کے بل گر پڑی۔ بیوی کو اسپتال میں داخل کرانے کے بعد وہ حادثے کی اطلاع دینے کے لیے اپنے ایک غیر شادی شدہ دوست کے پاس گیا۔

"حادثہ بہت پریشان کن نہیں ہے، سر پھٹ گیا ہے۔۔۔"

"کیا بھیجا نظر آنے لگا ہے؟"

"ارے ایسی کوئی بات نہیں ہے!" معروف آدمی، جو سات عورتوں کو بڑے قریب سے جان چکا تھا، بولا، "اگر کھوپڑی پوری کھل بھی جاتی تب بھی بھیجا کہاں نظر آ سکتا تھا۔۔۔ عورت کی کھوپڑی میں؟"

"اس قصے سے جہاں تک میں سمجھتا ہوں۔۔۔" کیساون نائر نے کہا، "عورتوں کی کھوپڑیاں صرف خانۂ خالی ہوتی ہیں۔" یہ سننے کے بعد سراما کے ہونٹوں پر ایک طنزیہ مسکراہٹ آئی اور بس۔ بعد کو اس نے اس کے بارے میں کبھی کوئی بات نہیں کی۔ اس کے باوجود اس وقت اس اشارے پر کیا اسے برا نہ لگا ہوگا؟ کیا اس کا مطلب یہ نہیں نکلتا کہ خود اس کی کھوپڑی محض خانہ خالی ہے؟ جب اسے خط ملے گا تو کیا عورت کی کھوپڑی ہی

تو ہے۔

دماغ میں ان ہی سب باتوں کا ہجوم لیے ہوئے کیساون نائر ریستوران میں جا بیٹھا۔ وہ کافی پینا نہیں چاہتا تھا، مگر پھر بھی اس نے کافی پی۔ پھر ایک سگریٹ جلائی اور بہت دیر تک وہاں بیٹھا رہا۔۔۔ سوچ میں گم۔ جب وہ سراما کو یہ محبت نامہ دے گا تو کیا وہ اس کا مذاق اڑائے گی؟ سراما اس کی محبت کی طرف سے بالکل بے حس رہی تھی۔ کیساون نائر نے سیکڑوں دفعہ کوشش کی ہوگی، مگر جب کبھی اس نے محبت کے عطر کی اس شیشی کو کھولا، سراما نے اپنی ناک پر ہاتھ رکھ لیا، "یہ بدبو کیسی ہے؟ تم کئی دن سے نہائے نہیں ہو کیا؟" یہ ان پوچھے سوالات اس کی نگاہوں سے ظاہر ہو جاتے۔ وہ اسے محبت کرنے پر کیسے اکسائے؟

محبت کی اس تڑپ سے بدحواس وہ گھر گیا۔ وہاں پہلی منزل پر جب اپنے کمرے پر اس کی نظر پڑی تو کیساون نائر مبہوت سا ہو کر رہ گیا۔۔۔ سراما! وہ چھجے پر کھڑی، کمرے کی کھڑکی سے ایک لمبے بانس کی مدد سے کمرے سے کسی چیز کو نکالنے میں مصروف تھی۔ کیساون نائر نیچے کھڑا ہوا حیرت سے تکتا رہا۔ وہ اوپر نہیں گیا۔ وہ کیا چیز ہے جو سراما چرانا چاہتی ہے؟ اس کا بٹوا؟ مگر وہ تو اس کی جیب میں ہے۔ قمیص؟ یا شاید دھوتی؟ پھر کوئی کتاب؟ مگر۔۔۔ وہاں کون سی ایسی کتاب ہے جو اس نے پڑھی نہ ہو؟ تمہیں یہ سب کرنے کی ضرورت نہیں تھی، سراما! کیا میں تمہیں اپنی جان سے زیادہ پیارا نہیں سمجھتا ہوں؟ اگر تم مجھ سے مانگتیں تو کیا میں کوئی بھی چیز، دنیا کی کوئی بھی چیز نہ دے دیتا؟

ٹھیک ہے، چوری کا مال لے کر اسے نیچے آنے دو۔ وہ جیسے ہی نیچے آئے گی وہ بڑے دکھ کے ساتھ یہ سب اسے کہہ دے گا اور خط اس کی طرف بڑھاتے ہوئے کہے گا، "یہ دیکھو۔۔۔ یہ میرا محبت نامہ ہے جو میں نے تمہیں لکھا ہے سراما۔" وہ خط کو پڑھے گی اور یہ

سوچ کر کہ اس نے اتنی سچی محبت کا خون کر دیا، پھوٹ پھوٹ کر روئے گی۔ پھر کیساون نائر اسے دلاسا دے گا، سمجھائے گا۔ "ارے روؤ مت! کوئی بات نہیں۔ میں نے تمہیں معاف کیا۔" اور پھر دل سے دل مل جائیں گے۔

وہ وہاں کھڑا یہی سب سوچ رہا تھا کہ وہ اوپر سے بولی، "میں نے تمہیں نیچے داخل ہوتے اور پھر انتظار کرتے دیکھا تھا۔ میرا خیال ہے کہ آج بینک کے عملے نے اندھیرا ہونے تک کام کیا ہوگا۔"

"آہ!" کیساون نائر کی روح تڑپ گئی۔ وہ اوپر گیا۔

سراما پسینے سے شرابور تھی۔ وہ مسکرائی اور بولی، "میں پچھلے آدھ گھنٹے سے اس بے کار کام میں لگی ہوئی ہوں۔۔۔ میں نے ہر طرح کوشش کر کے دیکھ لیا، وہ بانس میں پھنستا ہی نہیں۔ خیر، اب میں نے فیصلہ کیا ہے کہ کل میں ایک فالتو چابی بنوالوں گی۔"

"میری غیر موجودگی میں دروازہ کھولنے کے لیے؟"

اس نے لوگوں سے بھری ہوئی سڑک کی طرف دیکھا اور مسکرائی۔

"وہ کیا چیز ہے جو بانس میں نہیں پھنسی؟" کیساون نے پوچھا۔

"میں نے تمہیں بتایا نہیں تھا؟" سراما نے سوال کیا، "جب تم وہاں نیچے کھڑے تھے تو کیا سوچ رہے تھے؟"

"میں نے سوچا تھا۔۔۔" کیساون نائر کچھ کہتے کہتے رک گیا۔ وہ کیا کہنا چاہتا تھا؟ "میں نے سوچا کہ سراما میرے کمرے سے کوئی چیز نکالنا چاہتی تھی۔ تم کیا چیز نکالنا چاہتی تھیں؟"

"وہ رسالہ جو مسٹر کیساون نائر کے نام آیا تھا! میں نے ڈاکیے کو کھڑکی سے رسالہ اندر ڈالتے ہوئے دیکھا تھا۔ میں بے کار بیٹھے بیٹھے بور ہو گئی تھی۔"

ایسی کیفیت میں کیا تم مجھ سے پیار نہیں کر سکتی ہو؟ اس نے سوچا۔ اس نے اپنی جیب میں ہاتھ ڈال کر اپنی چابیاں نکالیں اور محبت نامہ سراما کو دے دیا۔

اس نے خط کو پڑھا، پھر مسل کر اسے نیچے پھینک دیا اور بولی، "اور کیا خبریں ہیں؟"

کیساون نائر نے کوئی جواب نہیں دیا۔ اس نے کمرے کا دروازہ کھولا، رسالہ اٹھایا اور سراما کو دے دیا۔ اس کے بعد اس نے اپنا کوٹ اتار کر کھونٹی پر ٹانگ دیا۔ چہرے پر مسرت و انبساط کے تاثر کے ساتھ سراما نے رسالے پر لپٹے ہوئے کاغذ کو پھاڑا اور اس کی ورق گردانی کرنے لگی۔ اپنے چہرے پر پھیلی ہوئی اداسی کو چھپاتے ہوئے اور محبت نامے کے معاملے کی طرف سے بے توجہی برتتے ہوئے کیساون نائر نے پوچھا، "سراما، تمہاری کیا خبریں ہیں؟ اپنی سوتیلی ماں سے آج تمہارا جھگڑا ہوا؟"

"میرا خیال ہے کہ میرے پتاجی اور میری سوتیلی ماں اب مجھ سے کمرے کا کرایہ مانگنے والے ہیں۔" سراما نے جواب دیا۔

"اچھا تو نوبت اب یہاں تک پہنچ گئی ہے؟"

"ٹھیک تو ہے۔ میرے پاس جو کمرہ ہے وہ بہرحال کرائے پر اٹھایا جا سکتا ہے اور۔۔۔"

"اور کیا سراما؟"

"اور سراما کو رسوئی کے ایک کونے میں پڑا رہنے دیا جا سکتا ہے۔۔۔ سوتیلی ماؤں کے سوچنے کا ڈھنگ شاید یہی ہوتا ہے۔"

"اور تمہارے پتاجی؟"

"ماں کی رائے سے الگ پتاجی کا خیال اور کیا ہوگا؟"

"دوسری شادی سے پہلے ان کا رویہ کیسا تھا؟"

"کس کا رویہ؟ سوتیلی ماں کا؟"

"نہیں، پتاجی کا؟"

"جب وہ میرے باپ تھے۔۔۔ میرا خیال ہے کہ مردوں کے دماغ کے اندر کچھ نہیں ہوتا۔"

کیساون نائر کچھ نہیں بولا۔ ایک لمحے کی خاموشی کے بعد اس نے پوچھا، "لیکن سراما، اس مکان پر تمہارا کوئی حق نہیں ہے؟"

"میرا کیا حق ہے؟" اس نے کہا، "اس مکان کا قرضہ سوتیلی ماں کے جہیز سے ادا ہوا تھا۔ پتاجی کہتے ہیں کہ یہ سارا قرضہ میری ماں کے علاج اور ان کی آخری رسوم کی ادائیگی کا قرضہ تھا۔ میری ماں اگر دو سال اور زندہ رہ جاتی تو میں نے بی اے پاس کر لیا ہوتا اور مجھے آسانی کے ساتھ کوئی ملازمت مل گئی ہوتی۔"

"عورتوں کی خاصی بڑی تعداد ہے جو بی اے پاس ہونے کے باوجود بے روزگار ہے۔" کیساون نائر نے کہا، "پھر بھی سراما، یہ بڑے دکھ کی بات ہے کہ تمہارے پاس کوئی کام نہیں ہے۔۔۔"

سراما نے رسالے پر سے نظریں اٹھائیں اور بڑے انکسار کے ساتھ پوچھا، "تم جس بینک میں کام کرتے ہو وہاں کوئی خالی جگہ نہیں ہے؟"

کیساون نائر نے سراما کی شفاف آنکھوں، گردن کی سنہری جلد اور اس کی سخت اور خوبصورت چھاتیوں پر ایک نظر ڈالی اور دل میں سوچنے لگا کہ سوائے کسی مرد سے محبت کرنے کے عورت کا کام ہی کیا ہے، بھگوان نے عورت کو اس لیے پیدا کیا ہے کہ وہ کسی کو چاہے اور خود چاہی جائے، نہ کہ افسر بن کر ادھر سے ادھر اکڑتی پھرے۔ پھر بھی اس نے کہا، "میں کوشش کروں گا۔"

"کہیں بھی، کوئی جگہ ہو۔۔۔ تمہیں معلوم ہے؟"

یقیناً مجھے معلوم ہے! کیساون نائر نے سوچا۔ میرے دل میں ایک بہت بڑی جگہ خالی ہے۔ اس کے لیے کسی رشوت یا سفارش کی بھی ضرورت نہیں ہے۔ اس نے آہستہ سے اپنے دل پر ہاتھ پھیرا اور بولا، "یہاں جگہ ہے۔"

"کہاں؟"

"کام کیا ہے؟"

"کام؟" کیساون نائر مسکرا دیا۔ اسے دیکھو ذرا! میرے محبت نامے کو مسل کر پھینک دیتی ہے۔۔۔ اور اس کے جواب کے بارے میں منھ سے ایک حرف نہیں۔۔۔ اونھ! کیا میں کوئی ایسا شخص ہوں جو روزانہ عورتوں کو محبت نامے لکھتا رہتا ہو؟ کام۔۔۔ ہاں، میں کام پیدا کروں گا۔ کیساون نائر کو اپنے مرد ہونے پر فخر کا احساس ہوا۔ اس نے اپنا بایاں ہاتھ اٹھایا اور انگلیاں اپنے ہونٹوں پر پھیرنے لگا۔ مجھے چھوٹی ہی سی سہی، مونچھیں رکھنی چاہئیں۔ اس کی آنکھیں لطف اور خوش مزاجی کے ساتھ چمک اٹھیں، "میں کل تمہیں ضرور بتاؤں گا۔"

"مجھے بتاؤ، یہ نوکری مجھے مل جائے گی نا؟"

"بے شک۔"

محبت نامے کے بارے میں کچھ بھی کہے بغیر اس نے بانس اور رسالہ اٹھایا اور زینے سے اتر کر نیچے چلی گئی۔ اپنے کمرے میں پہنچنے کے بعد وہ مڑی اور ادھ کھلے دروازے سے پکار کر کہا، "بھول نہ جانا۔۔۔"

وہ بغیر کچھ بولے ساکت کھڑا رہا۔ آنگن میں پھینکے ہوئے محبت نامے کی طرف نگاہ اٹھانے کی اس میں ہمت نہ ہوئی۔ اس نے اپنے غصے پر قابو پایا اور کہا، "ن۔۔۔ نہیں۔"

۲

یہ رہی میرے دل کی کنجی! دوسرے دن بینک جانے سے پہلے اپنے کمرے کی کنجی سراما کی گود میں ڈالتے ہوئے کیساون نائر نے اپنے دل میں کہا۔ شام کو جب وہ بینک سے واپس آیا تو سراما نے کنجی اسے واپس کر دی۔ اس نے پچھلے دن کا رسالہ بھی واپس لے لیا اور اوپر اپنے کمرے میں چلا گیا۔ کرسی دروازے کے قریب کھینچ کر وہ اس پر بیٹھ گیا اور رسالے کی ورق گردانی کرنے لگا۔ جو کچھ ہونے والا تھا اس کے بارے میں سوچ سوچ کر وہ مسرت سے سرشار تھا۔ جب سراما کو پتا چلے گا کہ اس نے اس کے لیے کس قسم کا کام تلاش کیا ہے تو کیا وہ اسے جھنجھوڑ ڈالے گی؟ کیساون نائر نے اس صورت حال کے بارے میں سوچا اور پھر خود ہی ہنسنے لگا۔ وہ وہاں بیٹھا ہوا تھا کہ سراما اوپر آگئی۔ وہ اچھی طرح جانتا تھا کہ سراما ملازمت کے سلسلے میں تفصیلات جاننے کے لیے بے تاب ہوگی، مگر اس نے ظاہر یوں کیا جیسے اسے ایسے کسی معاملے کے بارے میں کچھ معلوم نہیں ہے اور اپنا معمول کا سوال کیا، "سراما، کیا خبریں ہیں؟"

"ارے کوئی نئی بات نہیں۔" یہ کہتے ہوئے سراما ہمیشہ کی طرح مسکرائی اور پوچھا، "کیا تمہارے کمرے سے کوئی چیز چوری ہوگئی ہے؟"

"میں نے دیکھا نہیں۔۔۔"

"تو پھر دیکھ لو۔"

اس نے ظاہر یہ کیا جیسے وہ رسالہ پڑھنے میں محو ہے، اگرچہ اس کا دماغ ان لفظوں کو دہرانے میں مصروف تھا جو وہ سراما سے کہنے والا تھا۔ راز کی بات جو سراما پر کھولنے والا تھا، اس کے دل سے نکل کر زبان پر آنے کے لیے ایسی بے تاب تھی جیسے عطر کی شیشی سے خوشبو نکلنے کے لیے بے تاب ہوتی ہے۔

سراما کیساون نائر کے سامنے کھڑکی سے ٹیک لگائے کھڑی تھی۔ اس نے کیساون نائر کے گھنگھریالے چمکیلے بالوں پر نظر ڈالی، بیچ میں نکلی ہوئی مانگ کو دیکھا، آہستہ آہستہ حرکت کرتی ہوتی اس کی بھنوؤں کے چاروں طرف محسوس ہونے والے سنہرے ہالے پر اس کی نظر پڑی، سانس سے اوپر نیچے ہوتا ہوا اس کا چوڑا چکلا سینہ نظر آیا۔ اس نے آہستہ سے کہا، "تم نے کام کے بارے میں مجھے کچھ نہیں بتایا۔"

"میرا خیال ہے کہ تمہیں اس کام سے دلچسپی نہ ہو گی، سراما۔"

سراما نے کہا، "اگر تنخواہ کم بھی ہو تب بھی کوئی بات نہیں ہے۔ میں کر لوں گی۔ میں اس وقت یہاں سب لوگوں پر بوجھ ہوں۔ میں اس زندگی سے تنگ آ چکی ہوں۔ تم سے سچ کہوں، کیا تمہیں اندازہ ہے کہ میں بعض اوقات کیا سوچتی ہوں اور کیا محسوس کرتی ہوں؟"

"کیا سوچتی ہو؟ ذرا سنوں تو۔"

"تم تو ہر وقت میرا مذاق اڑاتے ہو! میں بڑی سنجیدگی سے بات کر رہی ہوں۔ کوئی بھی کام ہو میں کروں گی۔"

"سراما تم کھانا پکانا جانتی ہو؟"

سراما نے حیرت سے پوچھا، "کیوں؟"

"میں نے بس یونہی پوچھ لیا۔"

سراما نے بتایا، "تھوڑا بہت پکانا مجھے آتا ہے۔ چاول پکا لیتی ہوں، سالن بنا لیتی ہوں، چائے بنا سکتی ہوں، چائے کے ساتھ کھانے کے لیے بھی کچھ بنا سکتی ہوں، کافی بھی بنا لیتی ہوں، کوکو اور اوولٹین بھی بنا سکتی ہوں۔۔۔"

"مختصر یہ ہے کہ تمہیں اگر تھوڑے سے چاول دیے جائیں تو تم انہیں پکا کر کھانا کھلا

سکتی ہو؟"

"کیوں؟ کیا مجھے کسی جگہ باورچن رکھوانے کا ارادہ ہے؟"

"ارے نہیں۔۔۔ بالکل نہیں! میں نے تو صرف یونہی پوچھ لیا۔ پڑھی لکھی عورتیں عموماً کھانا پکانا نہیں جانتی ہیں۔ ان کے کپڑے دھویں اور باورچی خانے کی بدبو کے لیے نہیں ہوتے ہیں۔ یہ عورتیں تو زرق برق کپڑے پہننا، گالوں پر پاؤڈر اور ہونٹوں پر سرخی لگانا اور ہزار ڈھنگ سے بال بنانا چاہتی ہیں۔ یہ خوبصورت کپڑے پہنتی ہیں، سجتی بنتی ہیں اور کندھے پر بیگ لٹکاتی ہیں۔"

"کندھے پر بیگ؟"

"ہینڈ بیگ۔"

"اوہ!"

"بیگ لٹکا کر چلتی ہیں، لیڈی کہلاتی ہیں! میں صرف یہ معلوم کرنا چاہتا تھا کہ کہ آیا سراما بھی لیڈی ہے۔"

"میرے پاس تو کوئی ہینڈ بیگ ہے ہی نہیں۔"

"پھر بھی، سراما، مجھے بتاؤ کہ یہ لوگ اس میں رکھتی کیا ہیں؟"

"ایک چھوٹا سا آئینہ، پاؤڈر کی ایک ڈبیہ، ایک چھوٹا سا کنگھا۔"

"اس میں محبت نامے بھی ہوتے ہیں؟"

"محبت نامے؟"

"ہاں ہاں، وہ محبت نامے جو انہیں یکے بعد دیگرے ملتے رہتے ہیں۔ کیا وہ بھی ان بیگوں میں رکھے جاتے ہیں اور دن بھر کے بعد جب یہ بھر جاتا ہے تو سارے خطوط نکال کر ایک بڑے سے صندوق میں رکھ دیے جاتے ہیں؟"

"یہ سب میں نہیں جانتی۔ تم تو وہ کام بتاؤ جو تم نے میرے لیے ڈھونڈا ہے۔"

"تمہیں پسند نہیں آئے گا، سراما۔"

"مجھے پسند آئے گا۔"

"تمہیں یقین ہے؟"

"مجھے یقین ہے۔ ایک ہزار بار ہاں۔"

"پھر۔۔۔" کیساون نائر کچھ جھکا۔۔۔وہ کیسے بتائے۔۔۔

"سراما، تم پسند نہیں کرو گی۔"

"میں نے کہا نا کہ میں پسند کروں گی۔"

"فرض کرو اپنے فیصلے پر تمہیں بعد کو افسوس ہو۔"

سراما کو پورا اعتماد تھا، "نہیں۔ میں ہر تکلیف برداشت کرنے کے لیے تیار ہوں، میں ہر قربانی دے سکتی ہوں۔ تمہیں ایک راز کی بات بتاؤں۔ یہ تمہارے یہاں آنے سے پہلے کی بات ہے کیساون نائر۔ پچھلے سال میری شادی کے سلسلے میں تین پیغام آئے، تابڑ توڑ۔ میں ان تینوں موقعوں پر خوش ہوئی۔ اس وجہ سے نہیں کہ میں ایک ایسے شخص کے ساتھ جسے میں نے دیکھا بھی نہیں اور اس کے بارے میں کبھی کچھ سنا بھی نہیں، آرام سے زندگی گذارنے کا خواب دیکھ رہی تھی۔ میں خوش صرف اس لیے تھی کہ مجھے اس دوزخ سے فرار کی راہ مل جائے گی۔ مگر ان تینوں پیغاموں کا کوئی نتیجہ نہیں نکلا۔ بغیر جہیز کے مجھ سے کوئی شادی نہیں کرے گا۔ میرے باپ اور میری سوتیلی ماں کہتی ہے کہ یہ سب میرا قصور ہے۔ جب بھی کوئی بات غلط ہوتی ہے، پتا ہے، الزام میرے ہی سر آتا ہے۔ اگر بارش نہ ہو تو یہ بھی میری وجہ سے۔ میں نے ہر طرف نوکری تلاش کی۔ مگر میرے لیے کہیں کوئی جگہ نہیں ہے۔"

"ایک جگہ ہے۔"

"کہاں؟"

"میں تمہیں بتاؤں گا۔ ہاں، یہ جہیز کیا ہوتا ہے؟"

"یہ وہ کرایہ ہے جو عورت کو رکھنے کے لیے مرد کو دیا جاتا ہے۔"

"میں سمجھا نہیں۔۔۔"

"فرض کرو کہ کوئی ہے جو مجھ سے شادی کرنا چاہتا ہے۔۔۔"

"ٹھیک ہے۔۔۔ فرض کر لیا کہ وہ میں ہوں۔"

"ارے۔۔۔! اگر تم مجھ سے شادی کر لو اور مجھے اپنے ساتھ لے جاؤ تو کیا مجھے کھلانے اور پہنانے کے لیے پیسے کی ضرورت نہیں ہوگی؟ میرے نہانے کا انتظام کرنے اور تیل، صابن، خوشبو کا اہتمام کے لیے روپے نہیں چاہئیں؟ میری زچگی کے زمانے میں اخراجات نہیں ہوں گے؟ بچے کی پیدائش پر روپوں کی ضرورت نہیں پڑے گی؟ بیماری میں میری دوا علاج، پھر مرنے پر آخری رسوم کی مناسب ادائیگی کے لیے مالی وسائل نہیں ہونے چاہئیں؟ ان تمام ضرورتوں کے لیے روپے پہلے ہی سے فراہم کر دیے جانے چاہئیں۔ تبھی مجھے شادی کے لیے قبول کیا جائے گا۔"

"یہ سب اس لیے ہے کہ سراما سے محبت کرنے والا کوئی نہیں ہے۔ فرض کر لو کہ کوئی ہے جو تم سے محبت کرتا ہے، تمہیں دل و جان سے چاہتا ہے۔۔۔"

"پھر بھی جہیز تو ملنا ہی چاہیے۔ یہ ہماری مذہبی رسم بھی ہے اور روایت بھی۔"

جہیز کی اس رسم کے بارے میں سن کر کیساون نائر کو بڑی خوشی ہوئی۔ بہت اچھا انتظام ہے، اس نے سوچا۔ اگر ایسی رسم نہ ہوتی تو۔۔۔ ہے بھگوان!

"مجھے جہیز کی رسم سے نفرت ہے۔" سراما نے کہا۔

"مجھے یہ رسم بہت اچھی لگتی ہے۔" کیساون نائر نے جواب دیا۔

"کیوں؟ تمہیں کیوں پسند ہے؟"

"میں تمہیں بتاؤں۔ جہیز کی یہ رسم نمبودریوں میں بھی چلتی ہے۔"

"یہ مسلمانوں میں بھی ہے۔"

کیساون نائر نے کہا، "جو لوگ جہیز دینے کو دشوار سمجھتے ہیں انہیں ایسے دوسرے فرقوں میں شادی کرنے کے لیے تیار رہنا چاہیے جو جہیز نہ چاہتے ہوں۔"

"ہاں، یہ ایک اچھا خیال ہے۔"

"ہاں، نائر کو کسی کرسچن سے شادی کرنا چاہیے، کرسچن کو نائر یا پھر کسی مسلمان سے بیاہ کرنا چاہیے، اسی طرح مسلمان کو نائر یا نمبودری کے یہاں رشتہ جوڑنا چاہیے۔"

"تمہاری بات کٹ رہی ہے، میں ایک بات پوچھنا چاہتی ہوں۔"

"پوچھو۔"

"تم نے مجھے اس ملازمت کے بارے میں کچھ نہیں بتایا جو تم نے میرے لیے ڈھونڈی ہے؟"

"اوہ سراما۔۔۔ تم اسے ٹھکرا دو گی۔"

'میں نے کہا نہیں تھا کہ میں انکار نہیں کروں گی؟ کبھی نہیں، کبھی نہیں۔"

"پھر۔۔۔" کیساون نائر نے عطر کی شیشی اپنے دل میں کھول لی۔ شیشی کی ڈاٹ اچھل کر باہر آئی، "سراما، تمہیں مجھ سے اتنی ہی محبت کرنا ہے جتنی کہ میں تم سے کرتا ہوں۔۔۔ یہی وہ کام ہے جو میں نے تمہارے لیے تلاش کیا ہے۔۔۔ سراما۔"

سراما بوکھلا گئی، مگر صرف ایک لمحے کے لیے۔ پھر اچانک اس کے چہرے پر سرخی دوڑ گئی، اس کی پلکیں جھک گئیں۔ صرف یہی نہیں، وہ وہاں کھڑی رہی، پر سکون اور

حسین۔ اس کے ہونٹوں پر ایک ہلکا سا تبسم تھا جس سے اس کی داخلی مسرت و شادمانی پھوٹی پڑتی تھی۔ کیساون نائر کے جذبات پر بندھا ہوا بند ٹوٹ چکا تھا۔ اس نے کہا، "میں نہ جانے کب سے تم سے محبت کر رہا ہوں، اپنے دل سے زیادہ، اپنی جان سے، اپنے ملک سے زیادہ تمہیں چاہتا ہوں۔۔۔"

وہ ہنس پڑی۔ اس کے گالوں پر ایک نیا رنگ آگیا۔ اس کی آنکھوں کی چمک بڑھ گئی۔

کیساون نائر نے پوچھا، "سراما، تو اب تم اس کام کے بارے میں کیا کہتی ہو؟"

سراما مسکرائی اور دھیرے سے بولی، "کام برا نہیں ہے۔ اس کے لیے تم نے تنخواہ کیا مقرر کی ہے؟"

"تنخواہ؟ ارے تم لڑنے کے لیے تیار ہو؟ لڑائی؟ میں راضی ہوں۔ میری رگوں میں جیالے سپاہیوں کا خون دوڑتا ہے۔۔۔ اگر تم لڑائی ہی چاہتی ہو تو اس کا موقع تمہیں مل جائے گا۔ جیت یا پھر موت! زندہ باد انقلاب!" انتہائی پر وقار انداز میں کیساون نائر نے پوچھا، "تم کتنی تنخواہ چاہتی ہو؟"

"اس کا فیصلہ تم خود کرو۔"

بہت دیر غور کرنے کے بعد کیساون نائر نے فیصلہ کیا، "بیس روپے۔"

سراما نے کہا، "یہ تو بہت کم ہے۔"

"میں اس سے ایک پیسہ زیادہ نہیں دے سکتا۔ مہینے بھر تک، ہفتے میں چھ دن، نو گھنٹے روزانہ کام کرنے کے بعد مجھے صرف چالیس روپے ملتے ہیں۔ اس میں سے میں تمہارے باپ کو کرایہ دیتا ہوں، ہوٹل میں کھانے کے پیسے دیتا ہوں۔ کپڑوں کی دھلائی اور بہت سے دوسرے خرچ ہوتے ہیں۔ اگر میں بہت اضافہ کروں، یعنی بھوکا رہوں تو یہ

اخراجات بیس روپے تک ہو جائیں گے۔ یہی بچائے ہوئے بیس روپے ہیں جو میں تمہیں دینے کا ارادہ کر رہا ہوں۔ او پھر سراما، اگر سوچو تو تمہارا کام کچھ بہت مشکل بھی نہیں ہے۔ ذرا سوچو۔"

سرامانے جواب دیا، "کام تو بہت سخت ہے۔ کیساون نائر کو چوبیس گھنٹے میں صرف نو گھنٹے کام کرنا ہو گا۔ کیا یہ حقیقت نہیں ہے کہ تم ہر روز پندرہ گھنٹے آرام کرتے ہو؟ میرے کام میں فرصت کا ایک لمحہ بھی نہ ہو گا۔ مجھے رات دن کیساون نائر کے بارے میں سوچنا ہو گا، کھانا کھانے وقت بھی اور سوتے ہوئے بھی۔۔۔ ہے نا؟ جب کیساون نائر روئے تو مجھے بھی رونا ہو گا، جب وہ ہنسے تو مجھے بھی ہنسنا چاہیے۔ مجھے کھانا اس وقت تک نہیں کھانا چاہیے جب تک کیساون نائر نہ کھالے۔ وہ سو رہا ہو تب بھی مجھے تو جاگنا اور اس سے محبت کرنا ہو گا۔"

سرامانے کیساون نائر کی طرف اس طرح دیکھا جیسے اس نے کڑوی دوا کی کچھ گولیاں نگل لی ہوں۔ پھر اس نے پوچھا، "کام مستقل ہے یا کچھ دن کا؟"

اس نے کہا، "مستقل۔ ہمیشہ کے لیے!"

"یہ بہت اچھا ہے۔ پھر تو اگر کیساون نائر کو کچھ ہو بھی گیا تو کام میرے پاس رہے گا۔"

"کیا مطلب؟"

"کیساون نائر اگر مر بھی جائے تو کام تو میرے پاس رہے گا نا؟"

"بلاشبہ، اگر میں مر جاؤں تب بھی تمہیں مجھ سے محبت کرتے رہنا چاہیے۔"

"جب تم مر جاؤ گے تو میری تنخواہ کون دے گا؟" سرامانے یہ پریشان کن سوال کر دیا۔ کیساون نائر چپ رہا۔ وہ کہہ بھی کیا سکتا تھا؟ کیساون نائر کی خاموشی پر سراما ہنس دی۔

اس نے ہنستے ہوئے کہا، "اگر میری کھوپڑی خالی بھی ہو تب بھی میں یہ بتا سکتی ہوں کہ اس کام میں یہ ایک پہلو کمی کا ہے۔ تمہاری موت کے بعد میری تنخواہ دینے والا کون ہو گا؟"

وہ کیا جواب دے؟ وہ سنجیدگی سے سوچتا رہا۔ بالآخر اسے اس پریشانی سے نکلنے کی ایک راہ سوجھ گئی۔ وہ ہنسا۔

"فرض کرو کہ ہم دونوں ساتھ مر جائیں؟"

"آہا، خود غرضی! کھلی اور بے شرم خود غرضی۔ جب کیساون نائر مرے تو مجھے بھی مر جانا چاہیے۔۔۔یہی نا؟"

"سراما، تم میرا مذاق اڑا رہی ہو؟"

"بالکل نہیں، حقیقت کو بیان کرنا کیا مذاق کرنا ہوتا ہے؟ کیا میں ایک عورت نہیں ہوں؟ اگر کھوپڑی کھول بھی دی جائے تب بھی تمہیں دماغ کہاں ملے گا؟"

"مجھے معاف کر دو۔ میرے پاس نہ تو سراما جیسی ذہانت ہے، نہ علم اور نہ ہی اس جیسا حسن۔"

"دیکھو اب تم میرا مذاق اڑا رہے ہو۔"

"میں تمہارا مذاق کبھی نہیں اڑاؤں گا سراما۔ اڑا بھی نہیں سکتا۔"

"اڑاؤ، جتنا جی چاہے میرا مذاق اڑاؤ۔"

کیساون نائر کے دل کی دھڑکن جیسے ایک لمحے کے لیے رک سی گئی۔ "کیا میں اپنی جیون ساتھی کا مذاق اڑاؤں گا؟ کیا میں اپنی زندگی کی دیوی کا مذاق اڑاؤں گا؟ کیا میں اپنے دل اور اپنی آتما کا مذاق اڑاؤں گا؟ اپنی زندگی میں الوہیت کے پرتو کا میں مذاق کیسے اڑا سکتا ہوں؟"

سراما نے دخل اندازی کی، "برائے مہربانی چپ ہو جاؤ، میں تم سے کچھ پوچھنا چاہتی

ہوں۔"

"پوچھو۔ حکم دو۔ تم تو مجھے حکم دے سکتی ہو۔"

"کیا مجھے تمہاری جیون ساتھی ہونا ہو گا؟"

"وہ تو تم ہو۔"

"یہ خیال تمہیں کب سے ہو گیا؟"

"بہت دنوں سے۔"

"بہت دنوں سے؟ کتنے دنوں سے؟"

"بہت، بہت دنوں سے۔"

"تم نے مجھے اب تک کیوں نہیں بتایا؟"

"میں نے تم سے کہا نہیں کہ میں ہر روز تمہارے بارے میں سوچتا تھا اور ہر روز تمہیں ایک خط لکھتا تھا سراما؟"

"اور پھر؟"

"پھر میں اس خط کو پھاڑ دیتا تھا۔"

"اچھا، ایسا ہوتا تھا؟"

"ہاں۔"

"مختصر یہ ہے کہ مجھے تمہاری جیون ساتھی ہونا ہے۔ تو پھر وہ سب سنو جو میں کہوں۔ سنو گے نا؟"

کیساون نائر کو ایک پھریری سی آئی۔ "تم جو کچھ کہو گی میں سنوں گا۔ تم کسی کو قتل کروانا چاہتی ہو؟ وہ قتل ہو جائے گا۔ تم چاہتی ہو کہ میں پیر کو سمندر پار کروں، میں سمندر پار کروں گا۔ میں پہاڑ کو سر کروں گا۔ سراما، میں تو تمہارے لیے اپنی جان دینے کے لیے

تیار ہوں۔"

"فی الحال تہہیں جان دینے کی ضرورت نہیں ہے۔ اس وقت تو تم صرف سر کے بل کھڑے ہو کر دکھاؤ۔ ذرا ہم بھی دیکھیں۔"

"کیا تم واقعی چاہتی ہو کہ میں سر کے بل کھڑا ہو جاؤں؟"

"ارے! اس میں 'واقعی' کا لفظ کہاں سے آگیا؟ کیا ایسا بھی کوئی لفظ ہے؟"

"نہیں!" کیساون نائر بڑی خوشی کے ساتھ کھڑا ہو گیا۔ "کیا میرا سر کے بل کھڑا ہونا کافی ہو گا؟"

"ہاں، فی الحال اتنا کافی ہے۔"

"ٹھیک ہے۔"

اس نے قمیص اتار کر کرسی پر ڈالی، دھوتی گھٹنوں تک چڑھائی، اسے دونوں ٹانگوں کے بیچ سے نکال کر کمر پر کس کر باندھا۔۔ اور سر کے بل کھڑا ہو گیا، ٹانگیں ہوا میں سیدھی۔ وہ وہاں کھڑی ہوئی خوشی سے سب کچھ دیکھتی رہی، اس کے پنجوں سے سر تک۔ پھر بولی، "بہت اچھا!"

سر زمین پر اور ٹانگیں ہوا میں، اسی حالت میں رہتے ہوئے کیساون نائر نے پوچھا، "سراما مجھے چاہتی ہے نا؟"

سراما خوش رہی۔

کیساون نائر نے پھر پوچھا، "سراما، تم نے کام قبول کر لیا ہے نا؟"

دھیرے دھیرے، بڑی احتیاط کے ساتھ، بے آواز قدم رکھتے ہوئے وہ زینے سے اتری اور نیچے پہنچ کر بولی، "یہ میں تمہیں کل بتاؤں گی۔"

۳

"سراما نے کام قبول کر لیا؟" دوسرے دن کیساون نائر نے پوچھا۔

"میں تمہیں کل بتاؤں گی۔" سراما نے جواب دیا۔

"اگلے دن کیساون نائر نے پھر وہی سوال کیا۔ سراما کا جواب وہی تھا، "میں تمہیں کل بتاؤں گی۔"

جب دوسرے دن بھی کیساون نائر نے وہی سوال دہرایا تو سراما نے پھر وہی کہا کہ "میں تمہیں کل بتاؤں گی۔"

اس کے بعد اگلے دن کیساون نائر نے سوال نہیں پوچھا، اس کے بجائے اس نے اعلان کیا، "میں خودکشی کرنے جارہا ہوں۔ ایسے زندہ رہنے سے کیا فائدہ؟"

"بہت اچھا خیال ہے۔ پھر کوئی تمہارا نوحہ بھی لکھ سکے گا۔"

کیساون نائر کچھ نہ بولا۔

سراما نے کہا، "تو تم نے خودکشی کرنے کا فیصلہ کر لیا ہے؟"

"ہاں۔"

"یہ شبھ گھڑی کب آئے گی؟"

کیساون نائر نے کوئی جواب نہیں دیا۔

سراما نے پوچھا، "یہ خودکشی کس قسم کی ہوگی؟"

"میں ابھی کسی فیصلے پر نہیں پہنچا ہوں۔ میں ابھی سوچ رہا ہوں۔"

سراما نے مشورہ دیا، "تم اپنا سر ریل کی پٹری پر رکھ کر مر سکتے ہو، یا پھر گلے میں رسی باندھ کر لٹک سکتے ہو۔۔۔ ان دونوں میں سے تم کون سا طریقہ پسند کروگے؟"

کیساون نائر خاموش رہا۔ کتنا سخت ہے اس کا دل!

سراما نے ایک اور مشورہ دیا۔ "ایک اور طریقہ ہے۔ کسی کو معلوم بھی نہیں ہوگا۔

شام کے جھٹپٹے میں کشتی سے جھیل کے بیچ میں چلے جاؤ۔ کشتی کے ایک کنارے پر بھاری سا پتھر باندھو، دوسرے سرے پر سرکنے والی گانٹھ لگا کر پھندا اپنے گلے میں ڈال لو۔ کشتی پاؤں سے چلاؤ اور اسے آہستہ آہستہ ڈوبنے دو۔"

کتنا ظالم اور بے رحم ہے یہ دل!

کیساون نائر بولا، "میں نے ایک اور طریقہ دریافت کیا ہے۔ میں اپنے آپ کو یہیں پھانسی دے لوں گا۔ میری ٹانگوں سے ایک کاغذ بندھا ہوا ہو گا جس پر لکھا ہو گا، اے دنیا! میری موت اور سراما کا ایک دوسرے سے کوئی تعلق نہیں ہے۔ یہ سچ ہے کہ سراما سے محبت کرتا ہوں اور یہ بھی سچ ہے کہ سراما مجھ سے محبت نہیں کرتی۔ یہ بھی سچ ہے کہ میرے محبت نامے کو اس نے موڑ توڑ کر پھینک دیا۔ اس کے باوجود میری موت کا سراما سے کوئی تعلق نہیں ہے۔ آخر میں کاغذ پر دستخط ہوں گے۔۔۔ کیساون نائر مرحوم۔"

"اس کے علاوہ بھی اس خط میں کچھ ہو گا؟"

"نہیں۔"

سراما نے کہا، "میں نے وہ محبت نامہ پھینکا نہیں تھا۔ میں نے اسے اٹھا کر اس میں منجن باندھ لیا تھا۔"

"میرے نامہ محبت میں؟"

"ہاں۔"

کتنے بے رحم ہوتے ہیں عورتوں کے دل! کیساون نائر بولا کچھ نہیں۔

دن گذرتے رہے، بے مقصد اور بے کیف۔ وہ لٹکتے ہوئے چہرے کے ساتھ وقت گذارتا رہا، گم سم، کسی سے بات نہ کرتا، کسی پر نظر نہ ڈالتا۔ وہ عورتوں کو برداشت نہیں کر سکتا تھا۔ احمق اور پتھر دل عورتوں کی اسے بالکل سہار نہ تھی۔ سراما ایک احمق عورت

تھی، پتھر کی طرح سخت اور بے حس دل والی۔ کیساون نائر بھی بیوقوف آدمی تھا، مگر اس کا دل پتھر کا نہیں تھا۔ اس دنیا میں ہر مرد اور عورت احمق تھی۔ ان میں ہر ایک۔ کیساون نائر کی رائے اسی طرح بن رہی تھی کہ ایک شام سراما نکل کر آنگن میں آئی اور آکر اس کے سامنے کھڑی ہوگئی۔ پھر اس نے اس کی طرف اپنا ایک ہاتھ یوں پھیلایا جیسے اسے کچھ ملنے کی توقع ہو۔ کیساون نائر اس کا مطلب نہ سمجھ سکا۔

"میری تنخواہ؟" سراما نے کہا۔

"تنخواہ؟" کس کام کی تنخواہ؟ کیساون نائر کو حیرت اور پریشانی نے گھیر لیا۔ اس کی پریشانی کو دیکھ کر سراما نے وضاحت کی۔ اس نے بڑے دکھی لہجے میں کچھ یوں کہا گویا اپنا وعدہ پورا نہ کر کے کیساون نائر نے اس کی بے عزتی کی ہو۔ "اچھا تو یہ انجام ہوا! میں اسی لائق تھی۔ لوگ بلاوجہ تو نہیں کہتے کہ میرا دماغ خالی ہے۔ اس میں بھس بھرا ہوا ہے۔ اس دلچسپ اور ولولہ انگیز کام کو لیے ہوئے مجھے پندرہ دن گذر چکے ہیں۔"

"اوہو!" کیساون نائر کے چہرے سے بادل چھٹ گئے۔ اس کی آنکھیں چمکنے لگیں۔ اس اچانک شادمانی سے اس کا دل گیند کی طرح اچھل اچھل کر اس کی بائیں طرف کی پسلیوں سے ٹکرانے لگا۔ "ڈارلنگ، تم نے مجھ سے کہا کیوں نہیں؟"

سراما نے ایک زخمی اور شکایتی آواز میں کہا، "وجود کے اس مختصر مرحلے میں جب زندگی جوانی کے جوش سے ابلی پڑتی ہو، جب دل محبت کی خوشبو سے معطر ہو۔۔۔ اگر لوگ منھ لٹکائے، خودکشی خود بڑبڑاتے ہوئے، کچھ دیکھے کچھ سنے بنا، اداس اور بیزار سے گھوم رہے ہوں۔۔۔ تو میں کیا کر سکتی ہوں؟"

"کچھ اور کرنے کو ہے بھی تو نہیں۔"

"نہیں۔" کیساون نائر نے تحکمانہ انداز میں کہا، "آؤ۔"

وہ آگے بڑھا اور سراما اس کے پیچھے پیچھے چل دی۔ وہ دونوں زینے پر چڑھے۔ کیساون نائر کمرے کے اندر گیا، وہاں اس نے اپنا بکس کھول کر دس دس روپے کے دو نوٹ نکالے اور دھڑکتے دل کے ساتھ انہیں ایک لفافے میں رکھا، اس پر لکھا، "میڈم سراما کے لیے۔" اور سراما کو دے دیا۔

"یہ کوئی محبت نامہ ہے؟" سراما نے پوچھا۔

کیساون نائر خاموش رہا۔ محبت نامہ؟ اسے تذبذب میں پڑا رہنے دو۔ مگر سراما نے کسی تجسس یا تشویش کا اظہار نہیں کیا۔ اس نے لفافے سے دونوں نوٹ نکالے اور کسی تجربہ کار دکاندار کی طرح انہیں روشنی کے سامنے رکھ کر دیکھا۔

"یہ جعلی نوٹ تو نہیں ہیں نا؟"

کیساون نائر نے کچھ نہیں کہا۔

"ٹھیک ہے۔" اس نے کسی حد تک تنبیہ کرتے ہوئے کہا، "آج کے بعد اس طرح دیر نہیں ہونی چاہیے۔ میری تنخواہ ہر مہینے کی پہلی تاریخ کو تیار رہنا چاہیے۔"

کیساون نائر کا جی چاہا کہ وہ سراما کو اپنے سینے سے لگا کر اس کے ہزاروں پیار لے لے۔ وہ اس کے قریب ہو گیا۔

"بہتر یہ ہوگا کہ تم مجھ سے چار فٹ دور رہو۔" سراما نے کہا۔

"میں تمہیں پیار کرنا چاہتا ہوں۔"

"مجھے؟"

"ہاں۔"

"مگر معاہدے میں یہ تو نہیں ہے۔ نہیں ہے نا؟"

کیساون نائر کچھ نہیں بولا۔

اسی طرح پانچ مہینے گذر گئے۔ اس عرصے میں سو روپے کا لین دین ہوا۔ روپے دینے کے بعد کیساون نائر نے کبھی یہ معلوم کرنے کی کوشش نہیں کی کہ ان روپوں کا ہوتا کیا ہے۔ مگر سراما نے تیسرے مہینے اسے بتا دیا کہ اس نے لاٹری میں ایک ہزار روپے جیتے ہیں۔ یہ کیساون نائر کی دی ہوئی تنخواہ میں سے ایک روپے کی برکت تھی۔ کیساون نائر نے اس خبر پر کوئی خاص توجہ نہیں دی۔ روپے پیسے کے سے معمولی مسائل پر وہ توجہ دے بھی کیسے سکتا تھا؟ وہ تو محبت کی چاندنی میں مست تھا۔ اس کی محبوبہ نے اسے جو کچھ بتایا تھا اس پر اسے یقین تھا۔ اس کے نزدیک یہ بات بھی کوئی اہمیت نہیں رکھتی تھی کہ بدلے میں خود اسے کچھ نہیں ملا تھا۔ وہ تو سراما کے احکامات کی پیروی کرتا رہے گا، اسی راستے پر چلے گا جو سراما بتائے گی۔ اس کے علاوہ کچھ کرنے کے وہ لائق بھی نہیں تھا۔

سراما کی خواہش کے مطابق اس نے دور دراز جگہوں پر نوکری کے لیے بہت سی درخواستیں بھیجیں۔ کیوں؟ محض اس لیے کہ سراما نے کہا تھا۔ مگر کیساون نائر نے بہت سی باتیں ایسی بھی کیں جو سراما نے نہیں کہی تھیں، جیسے سراما کی طبیعت خراب ہونے پر ڈاکٹر کو بلانا، اس کے لیے دوا خریدنا، سراما اور اس کی سوتیلی ماں کے باہمی تعلقات بہتر کرنے کی کوشش کرنا، والدین کی ذمہ داریوں کے موضوع پر سراما کے والد سے گفتگو کرنا وغیرہ۔ مگر ان ساری باتوں پر سراما نے کبھی شکریہ ادا کرنا تو دور کی بات ہے، اشارے سے بھی ممنونیت کا اظہار نہیں کیا۔

کیساون نائر نے اس سب کو بڑے تحمل کے ساتھ برداشت کیا۔ مگر جو بات اس کے لیے ناقابل برداشت تھی وہ تھا سراما کا اپنی ہر بات کو شروع کرنے سے پہلے یہ کہنا کہ "وجود کے اس مختصر مرحلے میں جب زندگی جوانی کے جوش سے ابلی پڑتی ہو، جب دل محبت کی خوشبو سے معطر ہو۔۔۔" کیساون نائر یہ جملہ جب بھی سنتا اس کا رنگ پیلا پڑ جاتا۔

سراما جب بھی کچھ کہنے والی ہوتی تو کیساون نائر اس جملے کو سننے کے لیے بڑی بے چینی کے ساتھ تیار ہو جاتا۔ اگر وہ یہ جملہ نہ بولتی تو وہ اطمینان کی سانس لیتا۔ ان تمام باتوں کے بعد کیا اس کی محبت میں کمی آ گئی تھی؟ ذرا بھی نہیں۔ اس میں ہر روز اضافہ ہی ہو جاتا تھا۔ وہ ہر وقت سراما کو دیکھنا چاہتا تھا۔ وہ اسے گلے سے لگا کر پیار کرنا چاہتا تھا۔ اس کی خواہشوں کی نہ کوئی حد تھی نہ کوئی حساب اور سراما؟ اس نے کیساون نائر کے لیے محبت کا کبھی کوئی اظہار نہیں کیا۔۔۔نہ اپنی کسی حرکت سے اور نہ ہی اپنی کسی بات سے۔

پھر ایک وقت ایسا آ ہی گیا جب جدائی ناگزیر ہو گئی۔ کیساون نائر کو ایک دوسرے شہر میں نوکری مل گئی۔ تنخواہ ڈھائی سو روپے تھی۔ سراما کے مشورے پر منظوری کا خط لکھ کر اس نے ملازمت قبول کر لی۔ اس نے کہا، "تو اب میری تنخواہ سوا سو روپے ہو جائے گی!"

بس صرف اتنا ہی۔ اس کے علاوہ اس نے کچھ نہیں کہا۔ پھر بھی اس نے کیساون نائر کو یہ یاد دلایا کہ "تمھیں ہر مہینے کی پہلی تاریخ کو منی آرڈر بھیج دینا چاہیے۔ پتا تو تم جانتے ہی ہو نا؟" کیساون نائر نے کوئی جواب نہیں دیا۔

"تم کب جا رہے ہو؟" سراما نے پوچھا۔

"تم جانتی ہو کہ مجھے دس دن کے اندر کام شروع کرنا ہے۔ میں پرسوں جانے کا ارادہ کر رہا ہوں۔ اسی لیے میں نے بینک میں اپنا استعفیٰ بھی دے دیا ہے۔" کیساون نائر نے کہا۔

"تم نے جانے کا فیصلہ کر لیا ہے، ہے نا؟"

"یہ کس قسم کا سوال ہے؟"

"میں اب بھی تمھاری دیوی ہوں، ہوں نا؟"

"ہاں۔"

"کیا تم میری خاطر مور کو گلے لگانے کے لیے تیار ہو؟"

"تیار ہوں۔"

"تم قسم کھاتے ہو؟"

"قسم کھاتا ہوں۔"

"نہیں، نہیں مرنا نہیں ہے۔ ویسے اگر میں تم سے یہ نوکری نہ کرنے کے لیے کہوں تو تم مان جاؤ گے؟"

"اس نوکری کے لیے نہ جاؤں؟" بڑی پریشانی ہو جائے گی۔ وہ کرایہ دینے کے لائق بھی نہیں رہے گا، اپنے کھانے اور اپنے کپڑوں کا انتظام بھی نہ کر پائے گا۔ وہ سڑکوں پر جوتے چٹخانے لگا، در بدر مارا مارا پھرے گا۔۔۔ آوارہ۔ کیساون نائر ہتھیلی پر ٹھوڑی رکھے، نظریں نیچی کیے ہوئے، کسی گہری سوچ میں ڈوبا رہا۔

سراما کھڑی ہوئی اور زینے کی طرف چل دی۔ کیساون نائر نے بڑے افسردہ لہجے میں اسے آواز دی۔ "سراما، میں تم سے کچھ کہنا چاہتا ہوں۔"

سراما واپس آئی۔

"اگر تم مجھ سے پیار محبت کا ذکر کرنا چاہتے ہو تو میں یہ راگ سن سن کر تھک چکی ہوں۔"

کیساون نائر خاموش رہا۔

سراما نے کہا، "بولو! میں تنخواہ دار ملازم ہوں۔ میں تمہاری بات سننے سے انکار کیسے کر سکتی ہوں؟"

"سراما، تمہیں ہر بات مذاق لگتی ہے۔"

"تم یہ کہنا چاہتے تھے؟"

"نہیں۔"

"پھر کیا ہوا؟"

"سراما کو بھی میرے ساتھ چلنا چاہیے۔ میں وہاں اکیلا نہیں رہ پاؤں گا۔"

اپنے قہقہے کو جیسے روکتے ہوئے اس نے کیساون نائر پر نظر جمائی اور بولی، "کیوں، تمہیں ڈر لگے گا؟"

"نہیں سراما، میں محبت۔۔۔"

"میں سراما سے محبت کرتا ہوں! کیا یہ وہی جملہ نہیں ہے جسے میں ہزاروں لاکھوں بار سن چکی ہوں؟ یہ محبت آخر ہے کیا؟"

یہ بتانا کوئی مشکل بات نہیں تھی۔ کیساون نائر اچھی طرح جانتا تھا کہ محبت کیا ہوتی ہے، مگر یہ بات زور سے کہتے ہوئے اسے کچھ شرم آ رہی تھی۔

"انس اور محبت۔۔۔ ایک قسم کا واہمہ ہے۔ مگر ایک معطر واہمہ۔"

"حماقت، واہمہ۔۔۔" سراما کو حیرت ہوئی۔ "یہ تو وہ چیز ہے جو تم نے کہا تھا کہ عورتوں کی کھوپڑی میں ہوتی ہے؟"

کیساون نائر نے اثبات میں سر ہلایا۔ پھر کچھ توقف کے بعد بولا، "سراما، تم میرے ساتھ چلو گی؟"

"چلنے کے بعد میں کیا کروں گی؟"

"تم میری بیوی کی طرح رہنا۔"

"کیا ہم لوگوں کا تعلق الگ الگ دھرموں سے نہیں ہے؟"

"اس سے کیا ہوتا ہے؟ ہم کورٹ میں شادی کر سکتے ہیں۔"

"تمہیں جہیز نہیں چاہیے؟"

"سراماہی میرا جہیز ہے۔ سراما میری۔۔۔"

"رکو۔ میری پریشانیاں اور میرے شبہات اور بھی ہیں۔"

"وہ کیا ہیں؟"

"ہم دونوں کے میاں بیوی کی طرح رہنے میں مجھے بہت سی مشکلات دکھائی دیتی ہیں۔ جب ہم میں سے ایک مندر جاتا ہو اور دوسرا گرجا، تو کیا ہم کوئی کام مل کر ساتھ ساتھ کر سکتے ہیں؟ مندر اور گرجا ہمیشہ ہمارے بیچ میں رہیں گے۔ ہے نا؟"

کیساون نائر سراپا شادمانی تھا۔ "بے کار بات ہے۔" اس نے کہا، "کیا ہم مندر اور گرجا کو چھوڑ نہیں سکتے؟ اگر مندر اور گرجا سراما اور کیساون نائر کو نہیں چاہتے تو کیساون نائر اور سراما کو بھی مندر اور گرجا کی ضرورت نہیں ہے۔ سراما، ذرا سوچو۔ ان دشواریوں کے بارے میں سوچو جن میں رہ کر تم نے زندگی گذاری ہے۔ کیا تمہارے پتاجی اور تمہاری سوتیلی ماں نے تمہارے ساتھ زیادتیاں نہیں کیں؟ اس وقت گرجا نے کیا کیا؟ بھگوان نے کیا کیا؟ مجھے بھی مندر نے کوئی سکھ نہیں پہنچایا۔ مختصر یہ کہ اگر بھگوان، گرجا اور مندر ہمیں چاہتے ہیں تو آئیں اور ہمارے پیروں پر گر پڑیں۔"

"بالکل صحیح!" سراما نے کہا، "یہ کیساون نائر جو ہے، وہ تمہارے ہر سوال، ہر شبہے کا جواب رکھتا ہے!" وہ شرما سی گئی، پھر بولی، "ایک بات اور بھی ہے۔"

"پوچھو، پوچھو۔"

اس نے پوچھا، "ہمارے بچے ہوں گے۔ ان کا مذہب کیا ہو گا؟ میں نہیں چاہوں گی کہ ان کی پرورش ہندو بچوں کی طرح ہو۔ عیسائیوں کی طرح ان کو پالنا پوسنا اور بڑا کرنا شاید میرے۔۔۔ میرے شوہر کو پسند نہ آئے۔ پھر ان بچوں کا مذہب کیا ہو گا؟"

کیساون نائر کو پسینہ آ گیا۔ اس نے ان چیزوں کے بارے میں سوچا ہی نہیں تھا۔ یہ ایک اچھا سوال تھا۔ بچوں کا مذہب کیا ہو گا؟ کیساون نائر نے اس کے بارے میں غور کیا۔ اس نے اس بارے میں بڑی گہرائی اور بڑی شدت سے سوچا۔ اس کی پیشانی کے دونوں طرف رگیں ابھر آئیں۔ اس کی بھنوؤں پر پسینے کی بوندیں چمکنے لگیں۔ کوئی حل نظر نہیں آ رہا تھا۔ وہ اندھیرے میں ٹامک ٹوئیاں مار رہا تھا۔ کہیں کوئی روشنی نہیں تھی۔ اچانک اس کے ذہن میں ایک خیال بجلی کی طرح کوند گیا۔ اسے یوں لگا جیسے اس کے سامنے روشنی کا ایک دریچہ کھل گیا ہے اور اس کی نظروں کے سامنے ایک خوبصورت، سرسبز و شاداب باغ کھلا ہوا ہے۔ اس نے بے تاب ہو کر اعلان کیا، "مجھے مل گیا۔ راستہ مل گیا!"

"کیا؟"

"میں بتاتا ہوں۔" کیساون نائر نے کہا، "ہم اپنے بچوں کی پرورش کسی بھی مذہب کے مطابق نہیں کریں گے۔ انہیں کسی مذہب کے بغیر بڑا ہونے دو!"

"اور پھر؟"

"وہ بڑے ہوتے رہیں گے اور ہم انہیں بغیر کسی تفریق کے ہر مذہب کی تعلیم دیں گے اور جب وہ بیس برس کے ہو جائیں گے اور کسی مذہب کی ضرورت محسوس کریں گے تو اپنی پسند کے کسی بھی مذہب کو اپنا لیں گے۔"

سراما نے کیساون نائر کی طرف دیکھے بغیر بڑی مسرت کے ساتھ کہا، "بالکل صحیح! بات سمجھ میں آتی ہے۔۔۔ اور نام؟ یہ فرض کرتے ہوئے میرا پہلا بچہ لڑکا ہو گا، منے کا کیا نام ہو گا؟"

کیساون نائر پھر پریشان ہو گیا، "ہاں یہ تو ہے! واقعی، ہمارے پیارے بیٹے کا نام کیا ہو گا؟ ہم اسے کوئی ہندو نام نہیں دے سکتے اور نہ ہی کوئی عیسائی نام دے سکتے ہیں۔"

کیساون نائر نے تھوڑی دیر تک سوچا اور پھر کسی قدر جوش میں آتے ہوئے بولا، "دیکھو، ہم کسی تیسرے فرقے کا اچھا سا نام رکھ کر بچے کو اس نام سے پکار سکتے ہیں۔"

"پھر وہ کیا فرقہ یہ نہیں سوچے گا کہ ہمارا بچہ اسی میں سے ایک ہے؟"

"صحیح ہے۔" کیساون نائر نے رضامندی ظاہر کی، "اگر یہ مسلمان نام ہوا تو لوگ سوچیں گے کہ یہ مسلمان ہے۔ اسی طرح پارسی، چینی یا روسی کوئی اور نام بھی مسئلہ پیدا کرے گا۔"

وہ کیا نام دیں گے بچے کو؟ یہ کوئی ایسا نام ہونا چاہیے جو پہلے کسی نے نہ رکھا ہو۔ اس نام کو کسی عقیدے یا کسی مخصوص مذہب کی طرف اشارہ نہیں کرنا چاہیے۔ ایسا نام ملے گا کہاں؟

پھر سراما نے پوچھا، "کوئی چینی نام سننے میں کیسا لگے گا؟"

کیساون نائر نے تجربے کی خاطر ایک نام دہرایا، "سنگ لی فو۔"

"سنگ لی فو؟" سراما نے اپنے پہلے متوقع پیارے سے بچے کا نام دہرایا، "اے میرے سنگ لی فو، تو کہاں ہے میرے بچے سنگ لی فو؟"

"اس میں ایک امتیازی شان نظر آتی ہے نا؟"

سراما کو نام پسند نہیں آیا، "میں اپنے بچے کے لیے یہ نام نہیں چاہتی۔"

"تو پھر روسی نام ہیں۔ تمھیں ہر نام کے ساتھ بس 'اس کی' لگانا پڑے گا۔"

"اس کی کیا؟" سراما نے پوچھا، "کسی بھی نام کے ساتھ بھی اس کی لگا دو۔۔۔ اس کی۔۔۔ اس کی۔۔۔ نہیں!"

"میرے ذہن میں بہت سے نام ہیں، خوبصورت اور شان و شوکت والے!" کیساون نائر کے تخیل نے اڑان بھری۔ اس نے یکے بعد دیگرے نام لینے شروع کیے۔ 'انڈیا'،

'لوٹیر'، 'شارٹ اسٹوری'، 'ہری کین'، 'سہارا'، 'اسکائی'، 'مون لائٹ'، 'پرل اسپاٹ'، 'سمبالزم'، 'آریکاپام'، 'ٹافی'، 'ڈراما'، 'اوشن'، 'شرمپ آئیز'، 'پروزپوئم'، 'سفائر'، 'فائر فلیم'، 'مسٹیریس'، 'اسٹار'۔۔۔

"رک جاؤ! بس رک جاؤ! نام رکھ کر ذرا مجھے سوچنے دو۔۔۔ میرا بیٹا، شرمپ آئیز۔۔۔ ماں کا پیارا شرمپ آئیز۔۔۔ نہیں۔" اس نے دوسرے نام زور سے لینے شروع کیے، "ارے بیٹے پروزپوئم! میرے ننھے شارٹ اسٹوری! نٹ کھٹ مون لائٹ!"

اس نے کہا، "ہم کاغذ کی پرچیوں پر نام لکھ کر قرعہ نکالیں۔۔۔ دونام جھگڑا نہیں کرنا ہے۔ دوناموں کا تو آج کل چلن بھی ہے!"

سراما نے اس تجویز سے اتفاق کیا۔

انہوں نے بہت سے نام کاغذ کی چھوٹی چھوٹی پرچیوں پر لکھے، ان کو تہہ کیا اور سب کو ملا دیا۔ پھر ایک پرچی سراما نے اور ایک پرچی کیساون نائر نے اٹھائی۔ کیساون نائر نے اپنی پرچی کھولی اور اعلان کیا، "ٹافی!"

سراما نے بھی اپنی پرچی کو پڑھا، "اسکائی!"

دونوں نے ایک دوسرے کا منھ دیکھا۔

سراما نے بڑے اعتماد کے ساتھ اپنے بیٹے کا نام پکارا، "ٹافی اسکائی! ارے نٹ کھٹ ٹافی اسکائی۔۔۔ میرے منے ٹافی اسکائی۔۔۔"

"غلط!" کیساون نائر نے نام کو ایک نئی ترتیب دی اور بڑی پروقار آواز میں اپنے بیٹے کا نام لیا، "اسکائی ٹافی!"

سراما کو یہ نام اچھا لگا۔ اس نے بڑے چاؤ سے پکارا، "اسکائی ٹافی! بیٹے اسکائی ٹافی! تم کہاں ہو ننھے اسکائی ٹافی!"

"شاندار!" کیساون نائر نے اپنا فیصلہ صادر کیا، "مسٹر اسکائی ٹافی، جناب اسکائی ٹافی صاحب، کامریڈ اسکائی ٹافی!"

سر اما کو ایک بھیانک خدشے نے پریشان کر دیا، "میرا پیارا بیٹا کیا کمیونسٹ ہو گا؟"

کیساون نائر ہنس پڑا، "کیا سوال کیا ہے! ارے اگر وہ سرخا ہونا چاہتا ہے تو اسے ہونے دو۔ یہ اس کی مرضی ہے۔ ہے نا؟"

"ہاں ٹھیک ہے۔ میرا بیٹا جس پارٹی میں شامل ہونا چاہے ہو جائے۔"

میرا بیٹا؟ سر اما کا بیٹا؟ کیساون نائر جھنجھلا گیا۔ کیسی خود غرضی!

اس نے سر اما کو یاد دلایا، "سر اما، اتنی دیر سے تم 'میرا بیٹا'، 'میرا بیٹا' کیے جا رہی ہو۔ تمہیں کچھ احساس بھی ہے؟ ایسی خود غرضی اچھی نہیں ہوتی۔ اگر لوگ تمہاری بات سن لیں تو سوچیں گے کہ اسکائی ٹافی پر میرا کوئی حق ہی نہیں ہے! آج کے بعد سے تم 'ہمارا بیٹا' کہو گی۔ سمجھ گئیں تم؟"

سر اما کو بھی غصہ آ گیا، "تم نے مجھے یہ اچھی بات یاد دلا دی۔" اس کے چہرے پر ایسا تاثر آیا جیسے اس نے کوئی کڑوی چیز کھا لی ہو۔ "اگر میں نے ان چیزوں کے بارے میں سوالات کر لیے تو اس کا کوئی مطلب نہیں تھا۔ یہ مت سمجھنا کہ میں تمہاری بیوی ہو گئی ہوں۔ سمجھ گئے مسٹر کیساون نائر؟"

کیساون نائر کا منھ لٹک گیا۔ اس نے کسی قدر رنجیدہ آواز میں پوچھا، "لیکن سر اما، تم نے پہلے کیا کہا تھا؟"

"میں نے کیا کہا تھا؟"

"کہ تم میری بیوی ہو گی۔"

"اچھا پھر؟"

"سراما، تم ہمیشہ میرا مذاق اڑاتی ہو۔"

"مذاق؟ کیا تم جانتے ہو کہ مذاق زندگی کے لیے کیا ہے؟"

"میں جاننا بھی نہیں چاہتا۔"

"یہ بھی ٹھیک ہے۔ تم میری سنتے نہیں ہو۔ میں تمہارے لیے محض 'عورت' ہوں۔ میں تمہاری 'جیون ساتھی' ہوں! میں تمہاری 'دیوی' ہوں!"

"سراما، مجھے بتاؤ، یہ آخر کیا ہے؟"

"کیا کیا ہے؟"

"مذاق زندگی کے لیے؟"

"ہنسی۔۔۔" وہ کھڑی ہو گئی اور زینے سے اترتے ہوئے اس نے اضافہ کیا، "جیون کی سگندھ۔ زندگی کی خوشبو۔"

۴

"سراما، مجھے کل صبح سویرے جانا ہے۔" یہ بات کیساون نائر نے شام کے وقت کہی، "تمہارے پاس مجھ سے آخری لمحے میں کہنے کے لیے کچھ ہے؟"

سراما نے کہا، "وجود کے اس مختصر لمحے میں جب زندگی جوانی کے جوش سے ابلی پڑتی ہو، جب دل محبت کی خوشبو سے معطر ہو۔۔۔ کچھ سوالات!"

کیساون نائر پر اچانک افسردگی اور مایوسی طاری ہو گئی۔ سراما نے اپنی بات جاری رکھتے ہوئے کہا، "پہلا سوال، تم نے پتاجی کا بقیہ حساب صاف کر دیا ہے؟"

"کر دیا ہے۔"

"بہت اچھا۔ دوسرا سوال، تم نے ہوٹل والے کے پیسے دے دیے ہیں؟"

"دے دیے ہیں۔"

"تیسرا سوال، تمہارے پاس سفر کے اخراجات کے لیے پیسے ہیں؟"

"ہاں۔"

"پھر ایک اور سوال، یہ روپیہ تمہارے پاس کہاں سے آیا؟"

"میں نے اپنی گھڑی اور سونے کی اپنی انگوٹھی بیچ دی ہے۔"

"ٹھیک ہے۔ اب چونکہ عزت مآب کیساون نائر کو ان کے یہاں سے جانے کے بعد کوئی یاد نہیں کرے گا اس لیے میں اپنی نیک خواہشات انہیں پیش کرتی ہوں!" یہ کہتے ہوئے سراما ہنستی ہوئی زینے سے نیچے اتر گئی۔

اس چوٹ کے درد سے بے چین ہو کر کیساون نائر نے آواز دی، "سراما!!! مگر اسے سننے والا وہاں کون تھا؟ عورت شاید مثالی پتھر دل ہوتی ہے۔ عورت صرف ڈکو ڈکو ہوتی ہے۔۔۔ سر سے پیر تک ڈکو ڈکو۔

۵

کیساون نائر کسی زندہ لاش کی طرح وہیں بیٹھا رہا۔ رات آگئی، آسمان پر چاند نکل آیا۔ کیساون نائر اسی طرح بیٹھا رہا۔ پھر اٹھا۔ اٹھ کر اس نے لالٹین جلائی۔ گھڑی گیارہ بجا رہی تھی۔ اس نے چار بجے کا الارم لگایا، جاکر دروازہ بند کیا اور پھر اپنے بستر پر جاکر گر گیا۔۔۔ تھکا ہارا اور مغموم۔ یہ اس کی آخری رات تھی۔ اسے نہ بھوک تھی نہ پیاس۔ وہ آنکھیں کھولے ہوئے لیٹا تھا۔ وہ سوچ کچھ نہیں رہا تھا مگر اس کی آنکھیں نم تھیں۔ عورتیں وحشی جانور ہوتی ہیں۔ مرد کتنے اچھے ہوتے ہیں! بھگوان نے عورتیں پیدا کیوں کیں؟ کوئی سبب؟ کوئی وجہ؟ قریب تھا کہ وہ پھوٹ پھوٹ کر رو پڑے۔

اچانک باہر سے ایک آواز آئی، نرم اور گنگناتی ہوئی۔

"کیا تم سو گئے؟"

اوہ! وہ ذلیل اور قابل نفرت ظالم، مجسم پتھر!

کیساون نائر خاموش رہا۔

پھر وہی آواز، "دروازہ کھولو، میں ہوں!"

کیساون نائر نے اٹھ کر دروازہ کھول دیا۔ سراما کمرے میں داخل ہوئی۔ کیساون نائر دروازے پر کھڑا رہا۔ سراما نے نرمی سے کہا، "پلیز ذرا قریب آؤ، مجھے کچھ کہنا ہے۔"

کیساون نائر آکر اپنے پلنگ پر بیٹھ گیا۔ سراما دروازے کے قریب کھڑی کچھ دیر باہر دیکھتی رہی۔ میدان صاف تھا۔ اس نے دروازہ بند کیا، کرسی کو پلنگ کے قریب کھینچا اور اس پر بیٹھ گئی۔ اس کے بال کھلے ہوئے تھے اور کہنیاں پلنگ پر لٹکی ہوئی تھیں۔ اس کی ٹھوڑی اس کی دونوں ہتھیلیوں پر تھی اور چھاتیاں بستر کو چھو رہی تھیں۔ کیساون نائر اس کی چھاتیوں کو چومنا چاہتا تھا، مگر اس نے اپنے دل پر پتھر رکھا اور تکیے سے ٹیک لگالی۔ اس کی آنکھیں ابھی تک نم تھیں۔

سراما نے پوچھا، "تم رو کیوں رہے ہو؟" وہ کچھ نہیں بولا۔ وہ اٹھی اور آکر پلنگ پر بیٹھ گئی، اس نے اپنا سر کیساون نائر کی طرف جھکایا اور ایک گرم اور شیریں بوسہ اس کے ہونٹوں پر ثبت کر دیا۔

"تمہیں مجھ سے نفرت ہو گئی ہے؟" اس نے دھیرے سے پوچھا۔

"ہاں!" اس نے سراما کو اپنی گود میں کھینچ لیا۔ اس کی افسردگی ختم ہو چکی تھی۔ وہ ہنسا، مگر اس کی آنکھوں سے آنسو اب بھی بہہ رہے تھے۔

"ایسا لگتا ہے کہ جیسے برسات کی جھڑی میں سورج چمک رہا ہو۔۔۔ تمہاری سوچ کتنی رنگین ہے!" سراما نے کہا۔

"صبح ساڑھے چار بجے تمہیں ٹرین پر میرے ساتھ ہونا چاہیے۔"

"کہاں جانے کے لیے؟"

"جہاں میں جاؤں۔"

"اور اگر میں سچ مچ چلوں تمہارے ساتھ؟"

"سراما ہمیشہ میرا مذاق اڑاتی ہے۔"

"کیا تم جانتے ہو کہ مذاق زندگی کے لیے کیا ہے؟"

"میں جانتا ہوں۔ یہ وہی ہے جو میری پیاری دوست لڑکی کے ہونٹوں پر رہتا ہے۔"

"اچھا تو تم میرا مذاق اڑا رہے ہو؟" اس نے اپنے بلاؤز کے اندر سے ایک موٹا لفافہ نکال کر بڑے خلوص اور عقیدت کے ساتھ کیساون نائر کے ہاتھ پر رکھ دیا، "اسے تم ٹرین چلنے کے بعد ہی کھول کر دیکھو گے۔"

"یہ تو اچھا خاصا بھاری ہے!" کیساون نائر نے پوچھا، "کیا کوئی محبت نامہ ہے؟"

"ہاں، محبت نامہ، پریم پتر!" سراما ہنسی، "مگر ٹرین سے پہلے اسے کھولا نہیں جائے گا، وعدہ کرو!"

"میں وعدہ کرتا ہوں۔" اس نے کہا۔

"اتنا کافی نہیں ہے۔ قسم کھاؤ، قسم بھی کسی ایسی چیز کی جس پر تمہیں بھروسہ ہو اور جس کا تم احترام بھی کرتے ہو۔"

کیساون نائر نے سراما کی طرف دیکھا اور قسم کھائی، "میں اپنی پیاری سراما کی قسم کھاتا ہوں جس پر مجھے بھروسہ ہے، جس سے میں محبت کرتا ہوں، جس کی میں عزت کرتا ہوں، میں وعدہ کرتا ہوں کہ میں اس لفافے کو ٹرین چلنے کے بعد ہی کھولوں گا۔" سراما نے اٹھ کر دروازہ کھول دیا، "سویرے جانے سے پہلے مجھے اٹھا دینا۔ اب جا کر آرام سے سو جاؤ۔"

وہ چلی گئی۔ کیساون نائر تنہا رہ گیا۔۔۔اس کے جسم کی خوشبو۔۔۔

۶

کیساون نائر چونک کر اٹھا۔ صبح کے ٹھیک چار بجے تھے۔ اٹھ کر اس نے غسل کیا اور سفر کے لیے تیار ہو گیا۔ اس نے کپڑے پہنے اور بستر باندھ لیا۔ اس کی دوسری چیزیں صندوقوں میں بند تھیں۔ وہ گھر سے باہر نکلا۔ اسے ایک تانگے والا مل گیا۔ اسی تانگے پر بیٹھ کر وہ گھر آیا، اپنا سامان تانگے پر لدوایا۔ یہ سب کرنے کے بعد اس نے اندر آ کر سراما کے کمرے کی کھڑکی میں ٹارچ کی روشنی ڈالی اور آہستہ سے اسے آواز دی، "سراما!۔۔۔ سراما!" کمرے سے نہ کوئی جواب آیا اور نہ ہی کوئی حرکت ہوئی۔ اس نے کمرے کے دروازے کو دھکا دیا۔ دروازہ کھل گیا۔

اس نے ٹارچ کی روشنی کمرے میں چاروں طرف ڈالی۔ کمرے میں کوئی نہیں تھا! نہ سراما، نہ ہی اس کا صندوق! ہوا کیا؟ وہ کہاں جا سکتی ہے؟ ٹارچ کی روشنی میز پر رکھے ہوئے ایک لفافے پر پڑی۔ دھڑکتے دل کے ساتھ کیساون نائر نے لفافہ کھولا اور خط پڑھا۔

سراما یہ خط اپنے پیارے باپ اور اپنی سوتیلی ماں کو لکھ رہی ہے۔

وجود کے اس انتہائی مختصر لمحے میں جب زندگی جوانی کے جوش سے ابلی پڑتی ہو اور جب دل محبت کی خوشبو سے معطر ہو۔۔۔اس وقت جب میرے پاس اچھی تنخواہ کی ملازمت ہے، میں اپنے کام کی جگہ جا رہی ہوں۔ میں نے ایک ایسا آدمی بھی پا لیا ہے جو بغیر کسی جہیز کے، محض میرے تن کے کپڑوں میں مجھے قبول کرنے پر تیار ہے! چونکہ میں اس سے محبت کرتی ہوں اور وہ بھی مجھے چاہتا ہے، میں اس صورت حال پر آپ سے غور کرنے کی درخواست کرتی ہوں اور چاہتی ہوں کہ آپ لوگ ہم دونوں کو اپنی نیک خواہشات اور دعاؤں سے نوازیں۔

پتاجی اور سوتیلی ماں کی اپنی، سر اما۔

کیساون نائر نے خط میز پر واپس رکھ دیا، کمرے کا دروازہ بند کیا اور گھر سے باہر آکر تانگے پر بیٹھ گیا۔ جلدی ہی وہ اسٹیشن پہنچ گیا۔ سر اما وہاں کھڑی ہوئی ہنس رہی تھی۔

اس نے پوچھا، "تمہیں کیسے معلوم ہوا کہ میں یہاں آگئی ہوں؟"

"علم غیب! اور بلاشبہ مرد کی ذہانت!"

"مرد کی ذہانت۔۔۔ خوش فہمی! یا پتاجی اور سوتیلی ماں کے نام میرے خط کو چوری سے پڑھ کر؟"

"میں تمہیں بتادوں گا۔ میں تمہیں ہر بات بتادوں اے عورت!"

اس نے دو ٹکٹ خریدے۔ وہ دونوں اپنا سامان لے کر ٹرین میں سوار ہو گئے۔

انجن کی خوش کن سیٹی کی آواز آئی۔ ٹرین نے پلیٹ فارم چھوڑ دیا۔ دونوں خاموش کندھے سے کندھا ملا کر بیٹھ گئے۔ گاڑی تین اسٹیشنوں پر رکی۔ تیسرے اسٹیشن پر ڈبا خالی ہو گیا اور صرف وہی دونوں ڈبے میں رہ گئے۔

ٹرین اگلے اسٹیشن پر پھر رکی۔ کیساون نائر نے چائے کا آرڈر دیا۔ سر امانے کہا، "ہم دونوں کافی پئیں گے۔" کیساون نائر نے کہا، "ہم دونوں چائے پئیں گے۔" دونوں جھنجھلا گئے۔ آخر میں کیساون نائر نے کافی پی اور سر امانے چائے۔ سورج نکل آیا۔ ٹرین ایک پل پر سے آہستہ آہستہ گذرنے لگی۔ پل کے نیچے سبز پانی والا ایک دریا بہہ رہا تھا۔ دونوں کافی اور چائے کے اپنے جھگڑے کو بھول چکے تھے۔ کیساون نائر نے شفاف اور خالص محبت کے ساتھ بڑے نرم لہجے میں سر اما سے کہا، "میری خوشبو، میرا سونا، میری دولت!"

سر اما کھسک کر اس کے اور قریب ہو گئی۔ "یہ سب کیا ہے، میرے پیارے اسکائی ٹافی کے پتا؟"

"میری پیاری مورکھ!"

سراما نے اسے چٹکی کاٹی۔ کیساون نائر نے کہا، "میں مار مار کر تمہارا ابھرتا بنا دوں گا!"

سراما کی آنکھیں بھر آئیں۔ عورت ہونے کی وجہ سے آنسوؤں کی کمی تو تھی نہیں۔ وہ بغیر کسی سبب، بغیر کسی وجہ کے رونے لگی۔ اسے روتا دیکھ کر کیساون نائر کے اندر کے مرد کو افسوس ہوا۔ اس نے سراما کی آنکھوں کو چوم لیا۔

"نہیں، مجھے مت چھوؤ!"

"کیوں؟ کیوں نہیں؟ میری تمام قربانیوں کے باوجود تم اب بھی مجھ سے اس طرح کا سلوک کر رہی ہو؟"

"کس طرح کا سلوک کر رہی ہوں؟ اور یہ تمہاری قربانیاں کون سی ہیں؟ کیا میں اپنے پتاجی اور اپنی سوتیلی ماں کو چھوڑ کر تمہارے ساتھ نہیں جا رہی ہوں؟"

"تم میرے ساتھ جا رہی ہو تو کیا ہوا؟"

"کم از کم کافی پی لو، میری خاطر، اتنی چھوٹی سی قربانی کر دو میرے لیے۔۔۔ اور اب تم مار مار کر میرا ابھرتا بناؤ گے؟"

"ارے قربانی کی دیوی، اے عورت، اسکائی ٹافی کی ماں!"

"ہاں میرے سوامی؟"

"آج ہم سول رجسٹرار کے پاس جائیں گے اور اپنی شادی کا اندراج کرائیں گے۔ لوگوں کو معلوم ہونا چاہیے کہ ہم میاں بیوی ہیں۔ تم اتفاق کرتی ہو نا؟"

سراما کچھ نہیں بولی۔

کیساون نائر نے اس کی ران پر چٹکی لیتے ہوئے پوچھا، "تم راضی ہو نا؟"

"میں نے ہاں کی نہیں ہے؟ خاموشی کا مطلب رضامندی ہوتا ہے!"

"تین معاملات میں تم کو مکمل آزادی ہو گی۔"

"صرف تین انتہائی غیر اہم معاملات میں؟"

"ہاں۔ کھانا، لباس اور عقیدہ۔"

"تو کیا ہمارے گھر میں دو باورچی خانے ہوں گے؟"

"ایک چھوٹی سی رسوئی!"

"کیا مجھے دو طرح کے کھانے پکانے ہوں گے؟"

"صرف ایک طرح کا۔"

"کس کی پسند کا؟"

"رسوئی کی مالک کی پسند کا۔"

وہ ہنسی، "صبح کو میں صرف کافی بناؤں گی۔"

"اوہ۔۔۔اس کے بعد میں باہر جا کر چائے پی لوں گا۔"

"میں اس کی اجازت نہیں دوں گی۔ تمہاری ساری تنخواہ پوری کی پوری، اچھی طرح سمجھ لو، میرے پاس رہے گی۔ صرف میرے پاس۔"

"میری پیاری، پھر میں چائے کیسے پیوں گا؟"

"چھوڑ دو چائے! ذرا اس عورت کی طرف دیکھو جس نے تمہارے لیے اتنی قربانیاں دی ہیں۔"

"کیا میں سر کے بل کھڑا نہیں ہوا تھا، صرف تمہاری خاطر؟"

"یہ کوئی بہت بڑا کام ہے کیا؟ کیا ایسے لوگ نہیں ہیں جنھوں نے محبت کی خاطر سلطنتوں پر لات مار دی ہے؟ محبت کے لیے اجگروں اور گھڑیالوں سے لڑے ہیں؟

"میری موتی! میری مورکھ! اگر میں چاہوں میں اپنی آرام کرسی میں لیٹے لیٹے دس

بڑی بڑی سلطنتیں قربان کر سکتا ہوں! دس اجگروں سے لڑ سکتا ہوں! دوسری طرف، اپنے پیار کے لیے ذرا تم کوشش کر کے سر بل کھڑی ہو تو جاؤ! کسی عورت نے کبھی ایسا کیا ہے؟ کیساون نائر ہی سراما کے سامنے سر کے بل کھڑا ہوا ہے۔ تاریخ میں ایسی کوئی اور مثال اب تک تو ملی نہیں ہے۔ اس سے بڑی کوئی اور قربانی نہیں ہو سکتی؟"

"اے اسکائی ٹافی کے باپ!"

"کیا ہے عورت؟"

"میں تمہیں دکھاؤں گی!"

وہ جھکی اور جھک کر اس کے پاؤں چھوئے۔ کیساون نائر نے فوراً اس کے کندھے پکڑ کر اسے اٹھایا اور اپنے سینے سے لگا لیا۔ ٹرین گھڑ گھڑاتی ہوئی ہوا سے باتیں کر رہی تھی۔ انہیں دیکھنے والا وہاں کون تھا؟

اس نے اپنا ہاتھ کیساون نائر کی جیب میں ڈال دیا۔

"تم کیا تلاش کر رہی ہو میری معطر احمق عورت؟"

"لفافہ، وہ جو میں نے تمہیں دیا تھا!"

"محبت نامہ؟ ارے میں اسے پڑھنا تو بھول ہی گیا!"

کیساون نائر نے لفافہ نکال کر کھولا۔ اس نے لفافے کے اندر رکھی ہوئی چیزوں کو نکالا اور حیرت میں پڑ گیا۔ یہ تو نوٹ تھے، کرنسی نوٹ، نوٹوں کا ایک پورا بنڈل۔

اس نے ان کو گنا۔ ایک ہزار ننانوے روپے!

"سنو، ان روپوں سے تمہیں ایک دستی گھڑی اور سونے کی ایک انگوٹھی خریدنا ہو گی۔ سمجھ گئے؟"

اگرچہ روپوں کو دیکھ کر اسے خوشی ہوئی تھی، وہ محبت نامہ دیکھنے کے لیے بے تاب

تھا۔

"دوسری چیز کہاں ہے؟"

"دوسری کون سی چیز؟"

"محبت نامہ، پریم پتر؟"

"کیا تم اسے پڑھنے کے لیے بہت بے چین ہو؟"

"میں صرف دیکھنا چاہتا ہوں اے عورت، میری انمول موتی!"

"تو لو پھر دیکھو۔" وہ کچھ شرمائی ہوئی سی اس کے سامنے سیدھی ہو کر بیٹھ گئی، اس کی آنکھوں میں آنکھیں ڈالیں اور بولی، "تمہیں دکھائی نہیں دیتا؟ میں ہوں وہ محبت نامہ، وہ پریم پتر۔ نوجوان مرد اور نوجوان عورت۔۔۔یہی ہے پریم پتر!"

کیساون نائر کو یہ سب بہت اچھا لگا۔ "تم اور میں، بہت اچھا ہے۔ مگر وہ پریم پتر کہاں ہے؟ وہ مجھے دکھاؤ!"

اس نے اپنے بلاؤز کے اندر ہاتھ ڈال کر ایک مڑا تڑا پسینے سے نم کاغذ نکالا اور اسے دے دیا۔ اس نے اسے کھولا، انگلیوں سے اس کی شکنیں دور کیں اور روشنی کے سامنے رکھ کر اسے دیکھنے لگا۔ یہ ایک خط تھا جسے وہ پہلے دیکھ چکا تھا۔۔۔لامتناہی ماضی سے آیا ہوا ایک خط۔ جوں ہی اس نے خط کو پڑھنا شروع کیا، سراما نے پڑھ کر اپنی بانہیں اس کے گلے میں ڈال دیں اور اسے پیار کر لیا۔ وہ بولی، "وجود کے اس مختصر لمحے میں جب زندگی جوانی کے جوش سے ابلی پڑتی ہو اور جب دل محبت کی خوشبو سے معطر ہو۔۔۔میں نے تم سے کہا نہیں تھا؟ ہم ہیں محبت نامہ، ہم ہیں پریم پتر!"

"عورت، میں سمجھتا ہوں، میں قائل ہو گیا ہوں۔ مگر مجھے پڑھ کر سناؤ!"

"تم اسے نہیں سنو گے!" سراما نے اسے زور سے بھینچ لیا اور اس کی گردن اور

چہرے پر بوسوں کی بارش کر دی۔ ٹرین نے جیسے خوشی کی سیٹی دی اور چلتی رہی۔ جو کاغذ سراما نے اپنی چھاتیوں کے درمیان سے نکالا تھا اسے پڑھنے میں کیساون نائر کو بہت دشواری ہوئی۔ اس نے اسے بہت آہستہ آہستہ پڑھنا شروع کیا۔

میری پیاری سراما!

میری پیاری ساتھی، وجود کے اس مختصر لمحے میں جب زندگی جوانی کے جوش سے ابلی پڑتی ہو اور جب دل محبت کی خوشبو سے معطر ہو۔۔۔

جہاں تک میرا معاملہ ہے، میری زندگی کا ہر لمحہ سراما کی محبت میں گذرتا ہے۔

اور سراما، تمہارا؟

میں اپنے اس خط پر اچھی طرح غور کرنے اور ایک خوبصورت اور مہربان جواب سے سرفراز کرنے کی التجا کرتا ہوں۔

سراما کا اپنا

کیساون نائر

***

ایک چھوٹی سی پرانی پریم کہانی

یہ واقعہ تقریباً بیس برس قبل ہوا تھا مگر مجھے اس طرح یاد ہے جیسے یہ کل کی بات ہو۔ میں اکثر سوچتا ہوں کہ ان دنوں والی چستی اور ہمت کہاں چلی گئی۔ اس زمانے میں صرف ایک قوت ہوا کرتی تھی۔ جوانی کی امنگ اور بس۔ دل نے جو کہا وہ کر گذرے۔ اے حسن اور اندھے یقین کی عمر! میں تجھے سلام کرتا ہوں۔

مفلسی تھی۔۔۔ مستقل مفلسی۔ بھوک ہر چیز کی، پیاس ہر چیز کی۔ ہم کسی سے، کسی نامعلوم چیز سے خفا تھے، شدید طور پر خفا۔ آدرش پسندی کی حسین تابناکی میں ہم مست تھے۔ ہر چیز ہماری مرضی کے مطابق ہوگی، ہم دنیا کو پھر سے بنائیں گے، ہم کائنات کو خون سے دھو کر صاف اور نیا کر دیں گے! ہم خدا کے منکر تھے، ہم انقلابی تھے۔ میں ایک ایسے گروہ کا لیڈر تھا جسے قتل کرنے میں بھی کوئی تکلف نہیں تھا۔ اے دہشت پسندی اور خنجر و بندوق کی عمر! میں تجھے سلام کرتا ہوں۔

میرے قلم سے آگ اور بارود نکلتی تھی۔ بربادی اور تاراجی مقصد حیات تھی۔ ان نظریات سے سرشار کوئی تین سو نوجوان ہوں گے۔ ہم ایک اخبار نکالتے تھے جس کا ایڈیٹر میں تھا۔

اخبار کا دفتر ماچس کی ڈبیا سے شاید ہی کچھ بڑا ہو۔

ہم رہتے بھی وہیں تھے۔ ہمارے شب و روز سوچنے میں گذرتے تھے۔ ہم لکھتے

تھے۔ ہمارے دن اور ہماری راتیں بحث مباحثوں میں گذرتی تھیں۔ ہم دن رات منصوبے بناتے تھے۔

میری بات اور میری تحریر صحیفہ آسمانی کی بات اور صحیفہ آسمانی کی تحریر سمجھی جاتی تھی۔ میرا انتہائی احترام کیا جاتا تھا اور میں متفقہ لیڈر تھا۔ مگر اس کے باوجود مجھے اپنے دل میں کسی اہم چیز کی ضرورت اور کمی محسوس ہوتی تھی اور افسردگی کی رمق کے ساتھ ساتھ مجھے کچھ یوں محسوس ہوتا جیسے میری سانس گھٹ رہی ہو۔

ایسی کیفیت دہشت گردانہ سرگرمیوں کے لیے مناسب نہیں تھی۔ اس سب کے باوجود میرے اندر گانے کا رجحان پایا جاتا تھا۔ میرے دل میں دو قسم کے جذبات آپس میں نبرد آزما تھے۔ سانس لینے میں دشواری کا بڑا غالب احساس تھا۔

جب کبھی ایسا محسوس ہوتا کہ مجھے سانس لینے میں دشواری ہو رہی ہے میں صحن میں نکل جاتا۔ میں دیوار کے قریب کھڑا ہو جاتا اور سامنے پھیلی ہوئی وسیع و عریض دنیا پر نظر دوڑاتا۔ ایسے ہی کھڑے ہوئے ایک دن میں نے ایک نہایت حسین لڑکی دیکھی۔

"سبحان اللہ۔۔۔"

اس کی محبت میں گرفتار ہونے میں مجھے دیر نہیں لگی۔ اے چاہے جانے کے لیے تخلیق کی ہوئی دیوی! میں تیرے سامنے سر جھکاتا ہوں۔

میں وہاں کھڑا اس کی طرف تک رہا تھا اور میرے دل میں گیت تھے۔ میرا سارا عمل عبادت کا، پوجا کا عمل تھا۔

وہ اس سب سے بے خبر تھی۔۔۔ اس نے مجھے دیکھا ہی نہیں تھا۔

میرا اسے دیکھنا محض اتفاق تھا۔ میں ایک خاص جگہ پر کھڑا ہوا ایک خاص سمت میں دیکھ رہا تھا کہ وہ مجھے نظر آگئی۔ اچانک مجھے لگا کہ جہاں میں کھڑا تھا اور جہاں سے میں نے

اسے دیکھا تھا وہ جگہ ایک مقدس اور متبرک جگہ ہو گئی۔ میں کہنیاں دیوار پر اور انگلیاں سر پر رکھے ہوئے کھڑا تھا اور مشرق کی طرف دیکھ رہا تھا۔ دیوار کی طرف دوسری کیلوں کا ایک باغ تھا۔ باغ کے چاروں طرف ایک نیچی چہار دیواری بنی ہوئی تھی۔ اس کے پرے بڑی سڑک تھی جو شمال سے جنوب کی طرف جاتی تھی۔ سڑک کے دونوں طرف دو منزلہ عمارتیں تھیں۔

میرے بائیں طرف ایک گندا نالہ تھا جو شہر کو دو حصوں میں بانٹتا ہوا مشرق سے مغرب کی طرف بہتا تھا۔ نہر کے دونوں طرف اونچی دیوار تھیں۔ نہر کے دوسری طرف پہلے ناریل کا ایک درخت ہوتا تھا۔ لوگوں نے دیوار درخت کے بالکل قریب بنا دی تھی۔ بعد کو درخت کاٹ دیا گیا۔ درخت کے کٹ جانے کی وجہ سے دیوار میں ایک رخنہ آگیا۔

میں نے اسے اسی رخنے سے دیکھا تھا۔ گوری اور نہایت متناسب جسم والی حسین لڑکی۔ چولی میں کسی ہوئی اس کی سخت اور گول چھاتیاں نمایاں تھیں۔ وہ وہاں کھڑی ہوئی خواب دیکھ رہی تھی اور اس کے بال شانوں پر بکھرے ہوئے تھے۔

اتنی محویت سے وہ کیا خواب دیکھ رہی ہے؟ کیا وہ مجھے نہیں دیکھ سکتی؟ وہ میری طرف کیوں نہیں دیکھتی؟

میں نے وہیں کھڑے کھڑے کھنکھارا۔ ایک دفعہ نہیں، دس دفعہ بھی نہیں۔ یہ تو کھانسی کا ایک سلسلہ تھا۔

بے سود۔ اس نے سنا بھی نہیں۔ وہ میری کھانسی کی آواز سنتی کیوں نہیں؟

اس کے بعد زندگی کھانسی کا ایک سلسلہ ہو کر رہ گئی۔ جاؤ، جا کر مقدس مقام پر کھڑے ہو جاؤ، دیوار کی دراڑ سے جھانکو، وہ آس پاس ہے کہیں؟ اگر ہوتی تو میں فوراً کھانسنا شروع کر دیتا۔ میں مختلف اقسام کی کھانسیوں کا ذخیرہ لیے وہاں کھڑا رہتا۔ کبھی کبھی وہ

گوشت پوست میں، بجلی کے ایک کوندے کی طرح نظر آجاتی اور فوراً ہی کھانسیوں کی کبھی نہ ٹوٹنے والی ایک لے شروع ہو جاتی۔ مگر بے نتیجہ۔ اس نے میری کھانسیوں کی آواز نہیں سنی۔ اس نے میری طرف کبھی نہیں دیکھا۔

ڈیڑھ مہینہ اسی طرح گذر گیا۔ اس وقت تک میں اس گھر اور اس کے پاس پڑوس کے بارے میں کافی کچھ جان جا چکا تھا۔ ان میں کوئی خاص بات نہیں تھی۔ وہ گھر بار والے عزت دار لوگ تھے اور باعزت زندگی گذار رہے تھے۔

میں جس کی پوجا کرتا تھا وہ ایک نوکرانی تھی۔

اس سے کیا فرق پڑتا ہے؟ کیا محبت جھونپڑی اور محل کے باہمی فرق جیسے چھوٹے چھوٹے امتیازات کو خاطر میں لاتی ہے؟ محبت تو دائمی ہوتی ہے، مقدس ہوتی ہے!

بہر حال اس نے مجھے نہیں دیکھا تھا۔ میں اس کے وجود کے افق پر نمودار نہیں ہوا تھا۔

میں وہاں اپنی کھانسیوں اور کھنکھاروں کا ذخیرہ لیے کھڑا رہا۔ بالآخر میں نامراد اور مایوس ہو گیا۔ میری تمام کھانسیاں اور کھنکھاریں ضائع ہو گئیں۔ میری دنیا تاریک ہو گئی۔

حیرت! حیرت! اس نے مجھے دیکھا! چاند سی صورت نے تسکین دینے والی، زندگی بخشنے والی کرنیں بھیجیں۔ اس نے میری طرف دیکھا۔ میں نے اس کی طرف دیکھا۔ وہ مجھے دیکھ کر ہنسی۔ میں ہنس نہیں سکا۔ ہنسی کیا کمزوری کی علامت نہیں ہے؟ مگر میرے اندر ایک نئی زندگی پیدا ہو گئی۔ میں نے ایک خزانہ پا لیا تھا۔ میری دیوی نے میری موجودگی کو تسلیم کرنے کی عنایت کی تھی۔۔۔ میں خوش نصیب ہوا۔

میرا دکھ غائب ہو گیا۔ میں اپنی سرگرمیوں میں مزید توانائی اور شدت کے ساتھ کود پڑا۔

ہم ہر روز ایک دوسرے کو دیکھتے۔ وہ مجھے دیکھ کر مسکراتی۔ میں نے بھی ہنسنا سیکھ لیا تھا۔

پیار محبت سے لبریز دن گذرتے رہے۔

ایک شام جھٹپٹے کے وقت بوندا باندی ہونے لگی۔ نیکر اور سویٹر میں ملبوس، نہر کے اپنی طرف والے کنارے پر کھڑا میں دیوار کے رخنے میں سے جھانک رہا تھا۔ ایک خنجر میری کمر سے بندھا ہوا تھا۔ ایک دہشت گرد کو کسی نہ کسی مہلک ہتھیار سے ہر وقت لیس رہنا چاہیے۔۔۔ ہے نا؟"

میں اپنی محبوب کا انتظار کر رہا تھا۔ مکان سے آنے جانے والے لوگ مجھے دیکھ سکتے تھے۔ جب کوئی آتا تو میں یوں جھک جاتا جیسے مجھے پیشاب کرنا ہو۔ غرض اسی طرح جھکتے اور کھڑے ہوتے میں وہاں کچھ دیر انتظار کرتا رہا۔ اچانک دیوار کے رخنے پر سفیدی سی چھا گئی۔ میرے سارے جسم میں ایک حرارت سی دوڑ گئی۔ میرا دل بہت زور سے دھڑکا۔ میرا حلق خشک ہو گیا۔ میں نے ایک مسحور کن شیریں آواز سنی۔ "تم بارش میں کیوں کھڑے ہو؟"

"ارے کوئی بات نہیں۔"

جذباتی لمحے سرعت کے ساتھ گذرتے رہے۔ اس سب سے بے خبر، بجلی کے قمقموں سے روشن سڑک پر سے لوگ گذرتے رہے۔ سبزے میں کہیں کسی سانپ نے ایک مینڈک کو پکڑ رکھا تھا۔ میں نے مینڈک کی کربناک ٹرٹر سنی۔ تاریکی گہری ہوتی جا رہی تھی۔ نظر آنے والی چیزیں کم سے کم ہوتی جا رہی تھیں۔ اس نے پوچھا، "کیا تم چلے گئے؟"

"نہیں۔ کیا میں ادھر آؤں؟"

"کس لیے؟"

"یوں ہی۔"

"نہیں!"

"میں آؤں گا!"

"ہمارے پاس کتا ہے!"

"کوئی بات نہیں۔"

"وہ لوگ اب کھانا کھانے آرہے ہوں گے۔"

"اس سے کیا ہوتا ہے؟ میں آرہا ہوں۔"

"ارے نہیں۔"

وہ بھاگی۔ دیوار کے رخنے پر پھر سیاہی چھا گئی۔

میں دیوار کے اوپر بیٹھ گیا۔ سڑک سے آنے والی روشنی نہر پر بھی پڑ رہی تھی اور دیوار کے اوپر بھی۔ میں نے آہستہ سے نہر میں اترنے کی کوشش کی۔ میری ٹانگیں زمین تک نہیں پہنچ رہی تھیں۔ میں نے اپنے پنجے نیچے ٹکائے اور دیوار ہاتھوں سے چھوڑ دی۔ نہر میں گھٹنے گھٹنے کیچڑ تھا اور کمر تک پانی۔ مجھے ایسا لگا کہ نہر میں خاردار جھاڑیاں اور ٹوٹے ہوئے شیشوں کے ٹکڑے بھی تھے۔ کیچڑ کی وجہ سے میرے پاؤں بہت بوجھل ہو گئے تھے جیسے ان میں پتھر باندھ دیے گئے ہوں۔ میں نے آگے کھسکنا شروع کیا اور نہر کے بیچ میں پہنچ گیا۔ میں وہاں پھیلی ہوئی روشنی میں کھڑا ہو گیا۔ ایک ایک قدم آگے بڑھانا دشوار ہو رہا تھا۔ میں کیچڑ میں پھنسا ہوا تھا۔ لوگ مجھے دیکھ سکتے تھے۔ بہر حال مجھے آگے بڑھنا تھا، کسی نہ کسی طرح بڑھا۔ بمشکل تمام، بہت آہستہ آہستہ میں نہر کے دوسرے کنارے تک پہنچ گیا۔ میں نے نظر اوپر اٹھائی اور مبہوت رہ گیا۔

پانی کے اندر سے ایک دیوار اٹھ آئی۔۔۔ آسمان کو چھوتی ہوئی دیوار۔۔۔ اب کیا کیا جائے؟ میں دیوار پر کیسے چڑھوں؟ کیا واپس لوٹ جاؤں؟ نہیں، مجھے اوپر تو جانا ہی ہو گا۔ دیوار پر، میری دسترس سے پرے، پیپل کی ایک جھاڑی لگی ہوئی تھی۔

میں نے اچھل کر جھاڑی کو پکڑنے کی کوشش کی۔ میں نے اپنے آپ کو دیوار پر بیٹھا ہوا پایا۔

"ارے!" اسے حیرت ہوئی۔

مگر میں اب بھی اس سے بہت دور تھا۔ نیچے کود بھی نہیں سکتا تھا۔ ذرا فاصلے پر، گھر کی مغربی جانب ایک چھوٹی دیوار تھی۔ یہ دیوار نیچی تھی۔ میں دیوار کے اوپر بلی کی طرح چلتا رہا اور پڑوس کے گھر کے احاطے میں کودنے کی راہ نکال لی۔ وہاں میں نے مویشیوں کا ایک باڑا دیکھا۔ وہاں سے گذرتے میں سوکھی پتیاں میرے پیروں کے نیچے کھڑ کھڑ کرتی رہیں۔

میں نے زمین پر پھونک پھونک کر قدم رکھنے شروع کیے یہاں تک کہ اس نیچی دیوار تک پہنچ گیا۔ وہ خاموشی کے ساتھ دیوار کی دوسری طرف آ گئی۔

میں نے آہستہ سے اپنے ہاتھ دیوار کے دوسری طرف بڑھائے اور اس کے کندھوں کو پکڑ کر اسے دیوار کے اوپر لے آیا۔ اس کی چولی، کسی نکیلے پتھر سے رگڑ کھانے کی وجہ سے چر سے پھٹ گئی۔

اور پھر میری محبوب نے کچھ اس طرح میرے منھ پر دو زوردار تھپڑ مارے:

اس نے کہا، "ارے، وہ لوگ کھانا کھانے آ رہے ہوں گے۔ تم چلے جاؤ!" جب اس نے یہ بات کہی تو اس کی بدبودار سانس میری ناک میں آئی اور میرے چہرے پر یوں لگی جیسے کسی نے بہت تاک کر تھپڑ مار دیا ہو۔ تعفن سے میرا سر جھک گیا۔

میں پیچھے ہٹا۔ بہت سی جھاڑیاں میرے پاؤں تلے دب سی گئیں۔ دور کہیں کتے کے بھونکنے کی آواز آئی۔

اس نے پھر کہا، "چلے جاؤ!" اور یہ کہہ کر وہ دیوار سے کودی اور چلی گئی۔

کتوں نے بھونکنا شروع کیا۔ اتنے بہت سارے کتے تھے وہاں؟

میں آہستہ آہستہ چلتا ہوا نیچی دیوار پر چڑھا، وہاں سے اونچی دیوار پر پہنچا۔ میں آگے چلتا گیا یہاں تک کہ اچانک دیوار اور صحن تیز روشنی میں ڈوب گئے۔

میرے سامنے پردہ تھا تو صرف ایک کیلے کے پتے کا۔ پتا ہوا سے ہلے گا اور میں پھر روشنی میں نظر آنے لگوں گا۔

اسی وقت میں نے دیکھا کہ میرے کچھ کامریڈ ساتھی میرے کمرے کی طرف جا رہے ہیں۔ انہوں نے بڑی آسانی سے مجھے دیکھ لیا ہوتا، لیکن انہوں نے نظر نہیں اٹھائی۔ وہ مجھ پر شبہ کیسے کر سکتے ہیں؟

دو یا تین عورتیں اور دو مرد آپس میں باتیں کرتے ہوئے نیچے صحن میں آئے۔ ان میں سے سب سے کم عمر آگے بڑھا اور اس طرف آیا جدھر میں دیوار پر بیٹھا ہوا تھا۔ وہ مجھے پکڑنے آ رہا تھا۔ یقیناً اس نے مجھے دیکھ لیا ہے۔ اف کیسی بے عزتی!

"تو وہاں کیا کر رہا ہے بدمعاش؟" مجھے پکڑ کر وہ مجھ سے پوچھے گا۔

ایک بھیڑ جمع ہو جائے گی۔ "ارے یہ اس آتش بیاں اخبار کا ایڈیٹر ہے نا؟"

یا اللہ! اب تک میں نے تیرے بارے میں جو کچھ کہا ہے سب غلط ہے۔ مہربانی کر کے مجھے اس صورت حال سے نکال لے۔ مجھے اس کی نظر سے بچا لے!

میں نے خنجر اپنے ہاتھ میں لے لیا۔ اگر اس نے مجھے پکڑ لیا تو میں اسی خنجر سے اپنا گلا کاٹ لوں گا۔ اے اللہ، اسے اندھا کر دے۔۔۔ تھوڑی ہی دیر کے لیے اس کی بینائی چھین

لے۔ میرے کامریڈ مجھے زور زور سے آواز دے رہے تھے۔ وہ اپنے لیڈر سے ملنا چاہتے تھے۔ اے قادر مطلق، مجھے رسوانہ کر! نوجوان آدمی جو صحن میں داخل ہو کر میری طرف آیا تھا، جھکا اور پیشاب کرنے لگا۔ پیشاب کرنے بعد وہ چلا گیا۔

مجھے لگا جیسے میرے ہاتھ پیروں سے جان نکل گئی ہو۔ کوئی چیز جیسے میرے اندر مر گئی تھی۔ مجھے پھر ٹھیک سے یاد نہیں کہ بعد کو کیا ہوا۔ دھندلا دھندلا سا کچھ یاد آتا ہے کہ میں نہر میں کودا، میرا سارا جسم جگہ جگہ سے چھل گیا تھا۔ میں کیچڑ میں لت پت، دیوار پر چڑھ کر اپنے کامریڈوں کے سامنے آیا تھا۔

مجھے دیکھ کر وہ لوگ ہکا بکا رہ گئے۔ وہ سمجھے کہ ان کے لیڈر صاحب کوئی بڑی مہم سر کر کے آئے ہیں۔ وہ اس کا اندازہ نہیں کر پائے کہ میں محبت سے ایک کامیاب لڑائی لڑ کر آرہا ہوں۔ اس لیے اے میرے اللہ، میری مدد کر!

میں صابن لگا کر خوب اچھی طرح نہایا، کپڑے بدلے، بالوں میں کنگھا کیا اور جا کر حسب معمول اپنی کرسی پر بیٹھ گیا۔ میں نے اپنے چیلوں کو سارا قصہ سنایا۔ ساری کہانی سننے کے بعد ان لوگوں نے کہا، "ہمیں یہ جگہ فوراً چھوڑ دینا چاہیے۔"

ہم نے وہ جگہ چھوڑ دی۔

رات کے سناٹے میں ہم نے اس مسکن محبت کو خیر باد کہا۔ اس لیے۔۔۔ اور اسی لیے۔۔۔ اے پریم کے زمانے، اے محبت کی عمر! تو نے مجھ کو رسوا نہیں کیا، اس لیے میں تیرے سامنے سر جھکاتا ہوں!

***

تعویذ

منتر اچر اتو کا وجود اس دن ہوا جس دن ایک آم عبد العزیز کے گنجے سر پر گرا۔ گھر کے قریب لگے ہوئے آم کے درخت سے پکے آم تو گرتے ہی رہتے تھے۔ ان گرے ہوئے آموں کو اگر فوراً نہ اٹھایا جاتا تو خان انہیں فوراً لپک لیتا اور جھوٹا کر کے انہیں ناپاک کر دیتا تھا اور وہ کھانے کے قابل نہیں رہتے تھے۔

"خان" عبد العزیز کا کتا ہے۔ وہ خوبصورت ہے۔ سفید جسم اور اس پر بڑے بڑے کتھئی دھبے۔ گرے ہوئے آموں میں سے زیادہ تر اس کے حصے میں آتے تھے اور اسی لیے ہر شخص کی پریشانی یہ تھی کہ انہیں اس سے کیونکر بچایا جائے۔ خان عجیب کتا ہے، وہ کٹھل کھاتا ہے، کیلے کھاتا ہے اور چائے کا بھی شوقین ہے۔ اسے ہمیشہ کھلا رکھا جاتا ہے کیونکہ اگر اسے گھر میں بند کر دیا جائے تو اپنے شور سے سارے گھر کو سر پر اٹھا لیتا ہے۔

ابھی حال ہی میں اسے عشق ہو گیا اور وہ ہر وقت اداس سا رہنے لگا۔ پاروتی کی خوبصورت کالی کتیا "مالو" پر اس دل آگیا۔ مالو تھی بھی محلے کی سب سے حسین کتیا۔ یہ معاملہ ہندو مسلمان کے عشق کا تھا۔ محبت دو طرفہ تھی اور عبد العزیز کی بیوی ام سلمہ اور پاروتی دونوں کو اس معاشقے پر نہ تو کوئی اعتراض تھا اور نہ ہی کوئی تردد۔ پاروتی نے توام سلمہ سے کتیا کا ایک بچہ اسے دینے کا وعدہ بھی کیا تھا۔

اسی دوران اسے بد قسمتی ہی کہیے، حالات نے ایک برا پلٹا کھایا۔ نہ جانے کدھر سے

تگڑے تگڑے کتے آ گئے اور انہوں نے مالو سے پیار محبت کی پینگیں بڑھانی شروع کریں۔ انہیں مالو اور خان کا ملنا اچھا نہیں لگتا تھا۔ جھگڑا ہوا اور خان کے ہندو رقیبوں نے نوچ نوچ کر خان کا بھرتا بنا دیا۔ یہ بتانے کی ضرورت نہیں کہ اس نے خوب ڈٹ کر مقابلہ کیا۔ مقابلہ تو کرنا ہی تھا، خان کی عزت جو داؤں پر لگی ہوئی تھی۔ ایک مسلمان کتے کی کافروں کے خلاف پر جوش جنگ۔ خان ہیبت ناک آوازوں کے ساتھ اپنے دشمنوں کی گردنوں پر حملہ کر رہا تھا۔ ہندو کتوں نے اسے زمین سے اٹھا اٹھا کر پٹکا بلکہ اسے نوچا بھی اس بری طرح کہ اس کے جسم پر بڑے بڑے گھاؤ ہو گئے اور ساتھ ہی اس کا داہنا کان بھی کٹ کر الگ ہو گیا۔ مالو اس خوفناک معرکے کو بے نیازی سے دیکھتی رہی۔ پاروتی اور ام سلمہ نے بھی یہی کیا۔ ایک ہندو مسلم جھگڑا ہونے کی وجہ سے ان دونوں کی سمجھ میں نہیں آ رہا تھا کہ وہ کس کی حمایت کریں۔

شکست خوردہ زخموں سے خون بہتا ہوا، ناتواں خان بھاگ کر باورچی خانے کی طرف گیا اور وہاں جا کر فرش پر گر گیا۔ مگر ہندو کتے مل کر بھونکتے رہے اور اسے چیلنج کرتے رہے۔ شرمناک شکست، بے عزتی اور رسوائی اور ناکام محبت کے غم کے باوجود خان نے صبر کیا اور وہ اپنی اس شکست فاش کے اثرات کے تدارک کے لیے کچھ کر بھی تو نہیں سکتا تھا۔ ہوا صرف یہ کہ اسے تمام مادہ نسل سے نفرت سی ہو گئی۔

مادہ سے اس کی کٹر نفرت کی شکار سب سے پہلے دو ہندو عورتیں ہوئیں۔ ایک ہندو مخالف رویہ، اگرچہ یہ کوئی قابل تعریف یا ناجائز جذبہ نہیں تھا۔ پڑوسیوں میں چونکہ زیادہ تر ہندو تھے اس لیے عبدالعزیز یا پھر ام سلمہ کو اپنے یہاں آنے والی ہندو عورتوں کو باہر کے پھاٹک سے گھر کے دروازے تک لانے اور پھر انہیں چھوڑنے کے لیے پھاٹک سے دروازے تک اور دروازے سے پھاٹک تک دوڑتے ہی رہنا پڑتا تھا۔

یہ صورت حال تھی جب عبدالعزیز کے سر پر وہ آم گرا۔ اسی لمحے ڈاکیہ آگیا۔ شکر ہے کہ خان میں ہندو مردوں کے لیے نفرت کا جذبہ بیدار نہیں ہوا تھا۔ عبدالعزیز کے سر پر گرے ہوئے آم کو فوراً ڈاکیے کی نذر کیا گیا اور گویا اس تحفے کے بدلے میں آنے والے خطوں میں ایک خط اس کے لنگوٹیا یار شنکر ایر کا نکلا۔ عبدالعزیز اور شنکر ایر کالج کے زمانے کے دوست تھے۔ ان کی اس دوستی کو ان کی ایک مشترک پریشانی سے بھی تقویت ملتی تھی، یہ پریشانی تھی دونوں کا گنجا پن۔ دونوں نے ہر قسم کے علاج کیے، ہر ہر جتن کر ڈالا، گنجے پن کو دور کرنے والی ہر دوا کے اشتہار پر ایمان لائے۔ اس سلسلے کی ہر بات، ہر معلومات دونوں ایک دوسرے کو بتاتے۔ یہی نہیں دونوں نے آسمانی طاقتوں سے آس لگائی اور متعدد دیوی دیوتاؤں کے چرنوں میں چڑھاوے چڑھائے۔

دونوں کی بیویوں نے بھی اس سلسلے میں بڑا اہم کردار ادا کیا۔ مختلف قیمتی تیلوں سے اپنے شوہروں کے سروں کی باقاعدہ مالش اور اپنی عدم موجودگی کی صورت میں خود مالش کرنے کی ہدایت کی۔ مگر افسوس، یہ سرگرمیاں سودمند ثابت نہ ہوئیں۔ کبھی کبھی دونوں بیویاں اپنے گنجے شوہروں کو دیکھ کر ہنستیں بھی۔ اس گنجے پن کی وجہ سے دونوں دوستوں میں مماثلت بھی بہت پیدا ہوگئی تھی۔ تھوڑے بہت بال جو تھے وہ دونوں کے سروں کے پچھلے حصے پر تھے۔

ابھی کچھ دن ہوئے جب شنکر ایر اور اس کی بیوی سرسوتی عبدالعزیز کے یہاں آئے۔ اس وقت دونوں بیویوں نے اپنے اپنے شوہروں کے سروں کے بال گنے تھے اور سرسوتی نے اعتراف کیا تھا کہ عبدالعزیز کے سر پر اس کے شوہر کے مقابلے میں نو بال زیادہ ہیں، مگر عبدالعزیز کے خیال میں سرسوتی کی اس رائے کے پیچھے ایک سبب تھا۔ حمل کے ابتدائی دنوں میں وہ کچھ آم، ہری ہری املیاں اور امرود جیسی چیزیں جو اس زمانے میں

عورتیں بہت پسند کرتی ہیں، مسلسل فراہم کرتا رہتا تھا۔

اپنے دوست کا خط پڑھتے ہوئے عزیز نے کسی قدر دکھ کے ساتھ کہا، "افواہ! ذرا دیکھو تو، سرسوتی اپنے پہلے بیان سے کس طرح ہٹ گئی ہے۔ کیا اس کا مطلب یہ ہوا کہ اس عورت نے محض کچے آموں کی خاطر سفید جھوٹ بولا؟ تم ہی بتاؤ میرے سر پر بال زیادہ ہیں یا شنکر کے سر پر؟"

"تمہارے سر پر زیادہ بال ہیں، نو بال زیادہ ہیں۔" ام سلمہ نے اپنے شوہر کو یقین دلایا۔ "یہ بات بھول نہ جانا کہ ہم اس فیصلے پر بڑے بحث مباحثے کے بعد پہنچے تھے۔" آزردہ عبدالعزیز کے لیے سرسوتی کے اس دوغلے پن کو برداشت کرنا بہرحال دشوار ہو رہا تھا۔ اس نے کہا، "لیکن وہ اب بالکل دوسرا ہی راگ الاپ رہی ہے۔۔۔ یہ دغابازی۔۔۔ بہرحال وہ آم۔۔۔"

ابھی اس نے اپنا جملہ پورا بھی نہیں کیا تھا کہ اسے ایسا لگا جیسے دروازے پر سے اسے کسی نے مخاطب کیا، "السلام علیکم۔"

عبدالعزیز نے جواب دیا، "وعلیکم السلام۔"

ایک اجنبی کے اس طرح اچانک آ جانے پر ام سلمہ فوراً اندر چلی گئی۔ اجنبی ایک طویل قامت، گورا اور قبول صورت شخص تھا۔ سفید براق پاجامے اور ململ کے کرتے میں ملبوس۔ وہ ایک سفید صافہ باندھے ہوئے تھی۔ اس کی داڑھی، قلمیں اور مونچھیں اتنے سلیقے اور صفائی سے ترشی ہوئی تھیں کہ مصنوعی لگتی تھیں۔ آنکھوں میں سرمے کی گہری سی تحریر تھی۔ قمیص اور تہبند میں ایک نوجوان لڑکا ہاتھ میں چمڑے کی ایک اٹیچی لیے اس کے ساتھ تھا۔ لڑکے نے آتے ہی بڑے ادب کے ساتھ بلکہ کسی قدر تفریحی انداز میں اعلان کیا، "زین العابدین تھنگل۔" (نام کے ساتھ "تھنگل" کا لفظ "سید" کا

مترادف ہے۔)

عبدالعزیز نے اجنبی مہمان کے بیٹھنے کے لیے کرسی پیش کی۔ لڑکے نے مؤدب انداز میں بڑے احترام کے اتھ اٹیچی کو پاس پڑی ہوئی کرسی پر رکھ دیا۔

"یہاں کسی کی طبیعت خراب ہے؟" تھنگل نے سوال کیا۔

عبدالعزیز نے معتقدانہ انداز میں جواب دیا، "جی، ابھی اس وقت تو یہاں کوئی بیمار نہیں ہے۔"

"کوئی خواہش ہے جسے تم چاہتے ہو کہ پوری ہو جائے؟"

اس دنیا میں کون ہے جس کے دل میں خواہشیں نہیں ہیں؟ مگر عبدالعزیز اورام سلمہ کے دل میں کیا آرزوئیں ہیں؟ کسی کو نہیں معلوم۔ جب تھنگل نے اپنی اٹیچی کھولی تو عبدالعزیز کی ناک میں بڑی تیز خوشبو آئی۔ اٹیچی کے اندر کالے دھاگوں کی بہت سی موٹی پتلی لڑیاں تھیں۔ ہر لڑی تقریباً ایک فٹ کے برابر لمبی تھی اور ہر لڑی کے ساتھ کاغذ کی ایک پرچی بندھی ہوئی تھی۔

"یہ سب تعویذ ہیں۔" اس نے کہا، "ہم لوگوں کی مختلف بیماریوں کو اچھا کرنے کے لیے پانی پھونک کر دیتے ہیں، بیماروں کی سفارش کرتے ہیں اور ان کی شفا کے لیے مختلف مسجدوں اور مقدس مزاروں پر چڑھاوے چڑھاتے ہیں۔۔۔ ہے نا؟ اس میں شک نہیں کہ ان سب طریقوں سے لوگوں کو راحت ملتی ہے۔ مگر ایسے شخص کو ڈھونڈ نکالنا جو ایسی معتبر اور مؤثر دعا کر سکے، بہت مشکل ہے اور بسا اوقات تو ایسا شخص ملتا ہی نہیں ہے۔ یہ تعویذ بڑے اثر والے ہیں۔ میں نے ان پر بڑی مؤثر دعائیں پڑھ کر انہیں انتہائی اثر دار بنا دیا ہے۔"

عبدالعزیز نے اٹیچی میں سے دھاگے کی ایک لڑی اٹھائی۔ تھنگل بولا، "سر کے درد

کے لیے ہے۔ چار روپے پچانوے پیسے۔ تمہیں کرنا صرف یہ ہو گا کہ اسے اپنے بازو پر یا اپنی گردن میں باندھ لو۔ یہ تعویذ تم نے باندھا نہیں کہ تم زندگی بھر کے لیے درد سر سے محفوظ ہو گئے۔ اسے اگر سونے یا چاندی کا پتر چڑھوا کر رکھا جائے تو یہ گلتا سڑتا نہیں ہے اور بہت دن تک کام آتا ہے۔" تھنگل نے اٹیچی سے ایک ایک کر کے لڑیاں نکالنا شروع کیں اور ہر لڑی کے ساتھ بتانا شروع کیا، "کھانسی کے لیے، پیٹ کے درد کے لیے، سینے کی جلن کے لیے، قولنج مروڑ کے لیے، دانت کے درد کے لیے، ہسٹیریا کے لیے، بھوت پریت بھگانے کے لیے، پاگل پن کے لیے، آتشک، کوڑھ، جذام، سوزاک، کمر کے درد کے لیے، ڈراؤنے خوابوں کے لیے، پیٹ میں کیڑوں کے لیے، بدمزاجی اور چڑچڑے پن کے لیے۔ چار روپے پچانوے پیسے فی تعویذ۔"

عبد العزیز نے کسی قدر سادگی سے پوچھا، "یہ تعویذ کیا جانوروں کے لیے بھی کارآمد ہیں؟"

"کیوں نہیں، یقیناً۔ گائے، بیل، کریوں، گھوڑوں، اونٹوں یہاں تک کہ مرغیوں تک کے لیے میرے پاس خاص تعویذ ہیں۔ مثلاً اگر تمہاری مرغی انڈے نہیں دیتی تو پھونکے ہوئے دھاگوں کی ایک لڑی مرغی کے ایک پاؤں میں باندھ دو اور بس۔"

"کتوں کے لیے بھی کوئی تعویذ ہے؟ ادھر کچھ دنوں سے ہمارے کتے نے ہندو عورتوں کو کاٹنا شروع کر دیا ہے۔ کیا آپ مجھے کوئی ایسا تعویذ دے سکتے ہیں جو کتے کو ایسا کرنے سے روک سکے؟"

"یعنی ایک ایسا کتا جو صرف ہندو عورتوں کو کاٹتا ہے؟"

"جی ہاں۔"

"کتے کو صرف ہندو عورتوں سے ہی نفرت کیوں ہے؟"

"ہمارے کتے کو پڑوس کی ایک کتیا مالو سے محبت تھی۔ مالو ہماری پڑوسن پاروتی کی کتیا ہے۔ لیکن ایک دن تگڑے تگڑے ہندو کتوں نے پاروتی اور مالو کی آنکھوں کے سامنے ہمارے کتے کو بھنبھوڑ ڈالا۔ بیچارے کا دایاں کان بھی کٹ کر الگ ہو گیا۔ جھگڑے کو ختم کرانے کی بجائے پاروتی لڑائی کو بس کھڑی دیکھتی رہی۔"

"کتے کے اندر ہندو عورتوں کے خلاف جذبہ پیدا ہونے کی شاید یہی وجہ ہے۔" تھنگل نے کہا۔

"مگر میری بیوی ام سلمہ بھی پاروتی ہی کی طرح کھڑی لڑائی کو دیکھتی رہی تھی۔ کتے کو مسلمان عورتوں سے بھی نفرت کرنا چاہیے۔"

"اس کا نام کیا ہے؟"

"خان۔"

کتے کے نام کا لیا جانا تھا کہ وہ آکر ان لوگوں کے سامنے کھڑا ہو گیا۔

"دیکھو، اصل بات یہ ہے کہ یہ مسلمان عورتوں کو صرف اس لیے نہیں کاٹتا کہ اس کا نام خان ہے۔" تھنگل نے بڑی سنجیدگی کے ساتھ کہا۔

عزیز نے اپنا سوال دہرایا، "کیا آپ کے پاس کوئی ایسا تعویذ ہے جو اسے ہندو عورتوں کو کاٹنے سے روک سکے؟"

"صرف اس بات کے لیے تو میرے پاس کوئی تعویذ نہیں ہے مگر ہاں ایسا تعویذ ہے جو اسے کسی کو بھی کاٹنے سے روک سکتا ہے۔ اس کے لیے یہ تعویذ مفید رہے گا۔ صرف چار روپے پچانوے پیسے۔"

تھنگل نے بہت سے تعویذوں پر لگی ہوئی پرچیوں کو پڑھا اور پھر ان میں سے ایک کو نکال کر کہا، "یہ رہا۔ چلو ہم اسے خان کے گلے میں باندھ دیں۔"

عبدالعزیز گھر کے اندر جا کر ایک لوٹے میں پانی اور ایک صابن لے کر آیا۔ تھنگل اور عبدالعزیز اٹھ کر باہر صحن میں گئے۔ عبدالعزیز نے خان کو پکڑا اور تھنگل نے اس کی گردن میں وہ تعویذ باندھ دیا۔ "اسلامی قاعدے کے مطابق جو بھی کسی کتے کو ہاتھ لگائے اسے سات دفعہ مٹی سے اپنے ہاتھ دھونا لازمی ہے۔" تھنگل نے کہا۔

عبدالعزیز لوٹے سے پانی ڈالتا رہا اور تھنگل نے سات بار مٹی سے اپنے ہاتھ دھونے کی رسم کو پورا کیا۔ عبدالعزیز نے بھی ایسا ہی کیا۔ اس کے بعد دونوں نے صابن سے اپنے اپنے ہاتھ دھوئے۔ اپنے ڈیڑھ کانوں اور گلے میں کالے دھاگوں کے ساتھ خان بڑی شان سے کھڑا ہوا تھا۔

"بس اب آج کے بعد تعویذ کی برکت سے یہ کسی کو نہیں کاٹے گا۔" تھنگل نے بڑے پر اعتماد لہجے میں اعلان کیا۔

ام سلمہ چائے کے تین گلاس لیے ہوئے دروازے پر آئی۔ چائے ختم کرنے کے بعد تھنگل نے دھاگے کی بہت سی لڑیوں کو اٹھایا اور ایک ایک کو دکھا کر بتانا شروع کیا، "یہ بہرے پن کے لیے، یہ کمزور نگاہ کے لیے، یہ فالج کے لیے اور یہ بخار کے لیے، یہ بیماری عشق سے صحت یاب ہونے کے لیے، اس سے بے خوابی سے نجات ملے گی، یہ پیشاب کے تمام امراض کے لیے، اس سے بانجھ پن دور ہو گا اور ان چاہے حمل سے بھی نجات ملے گی۔ اس کو استعمال کرنے سے اولاد اپنی پسند کی ہو گی، لڑکا یا لڑکی اور اس سے دشمن پر قابو پایا جا سکتا ہے۔ سچ تو یہ ہے کہ ہر مرض اور آدمی کی ہر پریشانی کے لیے تعویذ موجود ہے اور ان میں سے ہر ایک کی قیمت ہے صرف چار روپے پچانوے پیسے۔"

"وقت گذرنے کے ساتھ ان کا اثر کم ہو جاتا ہو گا؟" عبدالعزیز نے بڑی سنجیدگی سے پوچھا۔

"ارے نہیں۔ مگر وقت کے ساتھ تعویذ گھستا چلا جاتا ہے اور بوسیدہ ہو جاتا ہے۔ اسی لیے تو میں اسے چاندی یا سونے کے پتر میں مڑھوانے کا تمہیں مشورہ دیتا ہوں۔ میرے والد صاحب نے ایک تعویذ چاندی کے پتر میں مڑھوا رکھا تھا۔ ان کے انتقال کو بیس برس سے زیادہ ہو چکے ہیں مگر تعویذ ابھی بھی میرے پاس ہے اور اچھی حالت میں ہے۔"

"کیا درد سر والا تعویذ دوستوں کے لیے بھی ویسا ہی مفید ہو گا؟"

"ہرگز نہیں۔ دیکھو، ہر تعویذ الگ الگ قوت اور الگ الگ تاثیر کا ہوتا ہے۔ دوستوں کے لیے وہی تعویذ استعمال کرنا ہو گا جو دوستوں کے لیے ہو۔"

یہ بات ہو ہی رہی تھی کہ ام سلمہ نے اپنے شوہر کو اندر سے آواز دی۔ عبدالعزیز اٹھ کر دروازے پر گیا۔ ام سلمہ نے اس کے کان میں کہا، "ذرا ان سے پوچھو کہ کیا ان کے پاس گنجے پن کے لیے کوئی تعویذ ہے؟"

"ہو گا نہیں ان کے پاس۔" عبدالعزیز نے دھیرے سے کہا۔

"ارے پوچھو تو۔ معلوم کرنے میں کیا حرج ہے؟" ام سلمہ نے اصرار کیا۔

عبدالعزیز نے باہر آ کر تھنگل سے پوچھا، "آپ نے کہا تھا کہ آپ کے تعویذ انسانوں کے تمام امراض کا تدارک کر سکتے ہیں۔ کیا آپ کے پاس کوئی ایسا بھی تعویذ ہے جو کسی گنجے سر پر بال اگانے کے لیے ہو؟"

عبدالعزیز کو بڑی حیرت ہوئی جب تھنگل نے اٹیچی کے اندر بالکل نیچے ہاتھ ڈال کر دھاگوں کی بہت سے لڑیاں نکالیں۔ ان لڑیوں میں سے ہر ایک پر لگی ہوئی پرچی میں لکھا ہوا تھا، "گنجے پن کے لیے۔"

"اسے تمہیں اپنی کمر میں باندھنا ہو گا۔"

"تب تو مجھے اس کو مزید لمبا کرنا ہو گا۔ میر ایک دوست ہے شنکر ایر، وہ بھی میری ہی طرح گنجا ہے اور اس تعویذ کو کمر کے چاروں طرف باندھنا ہو گا تو پھر تو مجھے چار تعویذوں کی ضرورت ہو گی۔ دو اپنے لیے اور دو شنکر ایر کے لیے۔"

"ہاں۔"

تھنگل نے خود ہی دو دو تعویذوں کو ایک دوسرے سے باندھ دیا۔ عزیز ان تعویذوں کو لے کر اندر گیا اور ام سلمہ نے فوراً ان میں سے ایک کو اپنے شوہر کی کمر میں باندھ دیا۔ عبدالعزیز نے اپنے سر اور اپنے جسم میں ایک عجیب و غریب سر سراہٹ سی محسوس کی۔ ایک عجیب سا احساس۔ شنکر ایر کے تعویذ کو نہایت احتیاط کے ساتھ ایک لفافے میں رکھا گیا اور ساتھ ہی اس کے زبردست اثرات کے بارے میں ایک چھوٹا سا خط بھی لکھ کر رکھ دیا گیا۔ اس نے چوبیس روپے پچھتر پیسے تھنگل کے ہاتھ پر رکھے۔ یہ پانچ تعویذوں کی قیمت تھی۔ ایک تعویذ خان کا، دو شنکر ایر کے اور دو خود عبدالعزیز کے۔

عزیز کو بڑا جوش و خروش تھا۔ "اس خفیہ اور غیر معروف معجزے کی خبر تو حکومت کو دی جانی چاہیے۔ ہزاروں روپے اسپتالوں، دواؤں اور ڈاکٹروں پر خرچ کیے جا رہے ہیں۔ ایک زبردست نقصان۔ یقیناً ایک مجرمانہ تضیع۔ ان تعویذوں کو ہر جگہ فراہم کیا جانا چاہیے۔ اس کے بعد ان اسپتالوں کو بڑے بڑے پانچ ستارہ ہوٹلوں میں تبدیل کیا جا سکتا ہے، یا پھر انہیں کسی دوسرے بہتر مصرف کے لیے استعمال کیا جا سکتا ہے۔ یہ تعویذ تو پرچون کی تمام دکانوں پر، پان بیڑی کی ہر دکان پر، بس اڈوں پر، ریلوے اسٹیشنوں اور ہوائی اڈوں پر ملنے چاہئیں۔ اتنی ضروری چیز کی تقسیم کے لیے تو خصوصی شعبے کھولے جانے چاہئیں۔ یہ تو برآمد کی جانے والی شے ہو سکتی ہے۔ بمبئی، انگلستان، جرمنی، جاپان، امریکہ اور روس میں اس کی اچھی منڈیاں مل سکتی ہیں، جہاں اسپتالوں اور دواؤں

پر زبردست خرچ ہوتا ہے اور اس سودے میں ہم کچھ نفع بھی کما لیں گے۔"

"مگر اس اسکیم پر عمل درآمد کرانے کے لیے مجھے کس سے بات کرنا چاہیے؟"

"تمھیں صرف اپنے وزیر اعظم سے بات کرنا ہوگی۔"

"میرا خیال ہے یہ ممکن ہے۔ ہو سکتا ہے کچھ مسلمان وزیر ہوں؟ یہ لوگ یقیناً ہماری مدد کریں گے۔" تھنگل نے اتفاق کیا۔

"جناب کا کیا خیال ہے، یہ بیماریاں کیوں ہوتی ہیں؟"

"یہ سب جنوں اور شیطانوں کی کارگزاری ہے۔ اب اسی گنجے پن کو دیکھو۔ تم اس کی وجہ کیا سمجھتے ہو؟"

"بالوں کا جھڑنا۔" عبدالعزیز نے کہا۔

"اور بال کیوں جھڑتے ہیں؟"

"مجھے نہیں معلوم۔"

"میں تمھیں بتاتا ہوں۔ یہ بدروحیں ہیں جو تمھارے بال اکھاڑتی رہتی ہیں۔ یہ بدروحیں چاند پر رہتی ہیں۔"

"مگر جہاں تک مجھے معلوم ہے چاند پر تو کوئی رہتا ہی نہیں ہے۔ سائنس دانوں کے چاند پر جانے کے بعد اخباروں نے لکھا تھا۔"

"تم ان پر یقین کرتے ہو؟ چاند تک پہنچنا ناممکن ہے۔ چاند پر سے جو کچھ لانے کا یہ لوگ دعویٰ کرتے ہیں، وہ سب یہیں کسی پہاڑی پر سے اٹھائی ہوئی چیزیں ہیں۔ نہیں نہیں، یہ لوگ چاند تک نہیں پہنچ سکتے اور نہ ہی کبھی پہنچیں گے۔" تھنگل نے بڑے اعتماد کے ساتھ کہا۔

تھنگل اور اس کے ساتھ کالڑکا جانے کے لیے تیار ہوئے۔ عبدالعزیز سے رخصت

کی اجازت لیتے ہوئے اس نے کہا، "ان تعویذوں کی آسان فراہمی کے سلسلے میں میں کچھ مسلمان وزیروں کے ذریعے وزیر اعظم صاحب سے ملنے کی کوشش کروں گا۔ اچھا خدا حافظ۔ السلام علیکم۔"

"وعلیکم السلام۔"

اسی دن تعویذ اور ایک خط رجسٹرڈ پوسٹ سے شنکر ایر کو بھیج دیا گیا۔ ایک ہفتہ گذر گیا۔

اسی زمانے میں ایک دن للتا، ایک خوبصورت ہندو لڑکی، کسی اہم کام سے عبد العزیز کے گھر آئی تھی۔ خان نے اسے کاٹ لیا۔ گھاو بہت گہرا نہیں تھا، للتا کی ران پر صرف چند دانتوں کے نشان پڑے تھے۔ ام سلمہ نے ان پر کڑوے کریلے کا لیپ لگا دیا۔ اس نے للتا کی پھٹی ساڑی بھی سی دی۔ ایک پیالی چائے بنا کر اسے پلائی اور پچیس روپے جو وہ ادھار لینے آئی تھی وہ بھی دے دیے۔

حیرت کی بات ہے کہ تعویذ کے باوجود خان کی ہندو عورتوں کو کاٹنے کی عادت ختم نہیں ہوئی تھی۔ للتا کو اس طرح کاٹ لینے کی حرکت خان کی ہندو عورتوں سے پچھلی نفرت ہی کا مظہر تھی۔ مگر اس دفعہ خان نے جس طرح للتا کو کاٹا تھا اسے حقیقتاً کاٹنا نہیں کہا جا سکتا۔ لوگ کہتے تھے کہ کاٹنے کی اس کی یہ عادت آہستہ آہستہ ختم ہو جائے گی۔

مگر وہ بال جو عبد العزیز کے سر پر نکلنے والے تھے؟ ام سلمہ روزانہ اپنے شوہر کے سر کی مالش کرتے وقت بڑی امیدوں کے ساتھ غور سے دیکھتی کہ آیا کہیں کسی نئے بال کے نکلنے کے کوئی آثار ہیں۔

ایک مہینہ گزر گیا۔ کوئی قابل ذکر تبدیلی ابھی تک نہیں ہوئی تھی۔ پھر اچانک ایک اور خوفناک واقعہ ہوا۔ خان نے اب مسلمان عورتوں سے بھی نفرت کرنی شروع کر دی

تھی۔ یہ بات اب بالکل واضح ہو گئی تھی کہ خان اب پورے طور پر عورت بیزار ہو گیا ہے۔ ام سلمہ کی ماں ان لوگوں سے ملنے آئی تو خان نے اسے بھی کاٹ کھایا۔ وہ چلائی، "مجھے بچاؤ! اپنے کتے سے مجھے بچاؤ، نہیں تو وہ مجھے مار ہی ڈالے گا۔ اس جانور کو جان سے مار دو۔"

ماں کی چیخیں سن کر ام سلمہ اور عبدالعزیز دونوں بھاگے بھاگے آئے اور دیکھا کہ خان نہایت معصومیت کے ساتھ وہاں کھڑا ہے۔ تعویذ اس کے گلے میں لٹک رہا تھا۔ محبت میں ناکامی کی وجہ سے خان کے اس عجیب و غریب رویے پر اس غریب کو جان سے کیوں مار دیا جائے؟ ان دنوں عورتیں عموماً اسے اچھی نہیں لگتی ہیں۔ مگر اس نے ام سلمہ پر اپنے غصے کا اظہار ابھی نہیں کیا ہے۔ مگر ام سلمہ کی ماں۔۔۔ اس خیال سے عبدالعزیز کو جیسے گدگدی سی ہوئی۔ وہ یوں بھی اپنی ساس کو تکلیف پہنچانے کے مختلف طریقوں کے بارے میں سوچتا رہتا تھا۔ خان نے اس کی خوشدامن کے ساتھ جو کچھ کیا تھا، اس پر اسے اگرچہ اندر ہی اندر خوشی تھی مگر اس نے خان کو مارنے اور کمرے میں بند کر دینے کا ناٹک کیا۔ پھر سات دفعہ مٹی سے اپنے ہاتھ دھوئے۔ ام سلمہ نے ماں کے زخم کو دھونے اور اس پر پرانا دیسی مرہم لگانے کی رسم ادا کر دی۔

وقت گذرتا گیا مگر جہاں تک عبدالعزیز کے گنجے پن کا سوال تھا کوئی تبدیلی رونما نہیں ہوئی۔ اس کی کھوپڑی بدستور چمکتی ہوئی کھوپڑی تھی۔ "پتا نہیں شنکر ایر کے سر پر کچھ بال نکلے یا نہیں؟" عزیز سوچ رہا تھا۔ ہو سکتا ہے کہ تعویذ بے اثر ہوں۔ خان عورتوں کو اب بھی کاٹ رہا ہے۔ ایسا بھی ہو سکتا ہے کہ نئے نکلنے والے بالوں کو جن نوچ لیتے ہوں؟ مگر انہیں انسان کے بالوں کی کیا ضرورت ہو گی؟ ان جنوں کو دور رکھنے کے لیے بھی تعویذ ہوں گے۔ تھنگل کے دیے ہوئے تعویذوں سے زیادہ طاقتور تعویذ بھی ہوں

گے۔ تھنگل کے تعویذوں کے بے اثر بنانے سے کن لوگوں کو دلچسپی ہوگی؟ دلچسپی تو تمام ان لوگوں کو ہو سکتی ہے جن کا تعلق علاج معالجے سے اور دوائیں بنانے سے ہے۔ کیا بازار میں بہت سے دوسرے تعویذ بھی آ گئے ہیں؟ یہ اور ایسے بہت سے خیالات تھے جو عبدالعزیز کے ذہن میں گھوم رہے تھے۔ یہ سارا مسئلہ بہر حال ایک انتہائی الجھا ہوا گورکھ دھندا تھا اور اس کی سمجھ سے بالاتر۔ لیکن پھر وہ اس بارے میں مشورہ کس سے لے؟

ام سلمہ اور عبدالعزیز نے صورت حال کا تفصیلی جائزہ لینے کے بعد یہ سوچنا شروع کیا کہ آیا انہیں اس تعویذ کا استعمال جاری رکھنا چاہیے یا ترک کر دینا چاہیے۔ بہت غور و خوض کے بعد آخر فیصلہ کر لیا گیا۔ عبدالعزیز نے قینچی سے کاٹ کر خان کے گلے کا تعویذ الگ کر دیا۔ اسی قینچی سے ام سلمہ نے اپنے شوہر کی کمر میں بندھے ہوئے تعویذ کو بھی کاٹ دیا۔ کٹے ہوئے تعویذ کے دھاگوں کو گھر کے پچھلے آنگن میں لے جا کر مٹی کے تیل میں ڈبویا گیا اور آگ لگا دی گئی۔ تعویذ کے جلانے سے کوئی خاص بات بھی نہیں ہوئی، نہ کوئی دھماکہ نہ کچھ اور۔ جلتے ہوئے دھاگے ذرا دیر میں راکھ ہو گئے۔ عبدالعزیز نے راکھ جمع کر کے آم کے درخت کے نیچے دفن کر دیا۔

یہ سب کرنے کے بعد انہیں ایسا لگا جیسے ان کے سروں سے کوئی بہت بڑا بوجھ اتر گیا ہو۔ مگر ذرا اتفاق دیکھیے۔ اسی وقت شنکر ایر کا خط ملا اور ساتھ ہی دو سو روپے کا منی آرڈر۔ خط میں ایک بڑی اہم خبر دی گئی تھی۔ شنکر ایر بے حد خوش تھا۔ اس نے لکھا تھا،

" تعویذ کا بہت بہت شکریہ۔ میں نے جس دن تعویذ کو اپنی کمر میں باندھا تھا اسی دن ایک روپے کا ایک لاٹری کا ٹکٹ بھی خریدا تھا۔ اس ٹکٹ پر ایک ہزار روپے کا انعام نکلا۔ یہ تعویذ بعد کو سرسوتی کی کمر میں باندھا گیا۔ نتیجہ جانتے ہو کیا نکلا؟ بغیر کسی تکلیف کے بچے کی پیدائش اور بچہ بھی لڑکا۔ یہ سب کچھ تم جانو اسی تعویذ کی وجہ سے ہوا ہے۔ میں جو

روپے تمہیں بھیج رہا ہوں اس میں جتنے تعویذ آسکیں مہربانی کر کے مجھے فوراً سے پیشتر بھجوا دو۔ دو تعویذ میرے والدین چاہتے ہیں۔ مجھے بھی اور تعویذ چاہئیں۔ ہمیں بچے کے لیے بھی ایک تعویذ کی ضرورت ہے۔ اگر یہ روپے کافی نہ ہوں گے تو میں اور روپے بھیج دوں گا۔"

خط میں گنجے سر پر بال اگنے کے بارے میں کچھ نہیں لکھا تھا۔

***

سونے کی انگوٹھی

ایک دن بیوی نے اپنے ٹین کے بکس سے سونے کی ایک پرانی انگوٹھی نکالی اور اسے اپنی انگلی میں ڈال کر اس کی قدر و قیمت کا اندازہ کرتے ہوئے مجھ سے پوچھا،

"اچھی لگ رہی ہے نا؟"

میں نے پوچھا، "باوا آدم کے زمانے کا یہ کھلونا تمہارے پاس کہاں سے آیا؟"

"یہ خالص سونے کی ہے"، بیوی نے جواب دیا۔ "اسے ایک بادشاہ نے میری ماں کی ماں کی ماں کو دیا تھا۔"

مجھے طیش آگیا۔

"عورت! تمہیں اسے پہننے کی ہمت کیسے ہوئی؟" میں نے بات جاری رکھی۔ "جہاں تک حق کی بات ہے تو یہ انگوٹھی مجھے پہننا چاہیے۔ تم جانتی ہو، اگر میں اپنی پچھلی نسلوں کا تذکرہ دہراؤں تو تم مجھے شہنشاہ اکبر کی گود میں بیٹھا ہوا پاؤ گی۔ سونے کی انگوٹھی کا وارث میں ہوں۔ یہ تاریخ کے حقائق ہیں۔ اچھا اب یہ مجھے دے دو تاکہ میں پہنوں اور لوگوں پر رعب ڈالوں۔"

"کیا آرزو ہے!" بیوی نے کہا، "اگر تم اتنے ہی بے چین ہو تو ایک آدھ بار پہننے کے لیے تمہیں دے سکتی ہوں۔"

"مجھے تمہاری خیرات نہیں چاہیے۔"

"اچھا۔۔۔اگر ایسا ہے تو میں بالکل نہیں دوں گی۔" بیوی پر عزم لگتی تھی۔

"میں سونے کی اس انگوٹھی کو ہاتھ لگانے کی اجازت کسی کو نہیں دوں گی۔"

"واقعی؟"

"ہاں واقعی۔"

"اے عورت، میں تمہیں دکھادوں گا!" میں نے اپنی مونچھوں کو تاؤ دیا۔

یا اللہ! بیوی حاملہ ہے۔ یہ ایک سنہری موقع تھا سونے کی اس انگوٹھی کے آپ کی چاندی کی انگلی پر چمکنے کا۔ حمل کا یہ زمانہ بخیریت گزر رہا تھا۔ میں نے بیوی سے پوچھا، "بیوی، تیری کوکھ میں جو یہ بچہ پل رہا ہے، لڑکا ہے یا لڑکی؟"

وہ ہنسی اور بولی، "تمہارا کیا خیال ہے؟"

میں نے کہا، "لڑکا!"

بیوی نے کہا، "یہ تو لڑکی ہے!"

"تم شرط لگاؤ گی؟"

"پچاس روپے" بیوی نے کہا۔

"چلو لگ گئی۔" میں نے سوچ لیا۔ "اگر لڑکا ہوا تو تم اپنی انگلی کی یہ انگوٹھی مجھے دو گی۔" بیوی نے ایک نظر انگوٹھی پر ڈالی اور کہا، "اس کی قیمت تو کم سے کم دو سو روپے ہو گی۔ یہ پرانے سونے کی ہے نا اور پھر ایک راجہ کی!"

"بالکل صحیح! یہ راجہ کی ہے"، میں نے کہا۔ "پھر بھی، یہ پرانی بھی تو بہت ہے۔ آج راجہ کے جوتوں چپلوں کی کیا قیمت ہو گی؟ تمہارے پرانے بلاؤز کے کیا دام لگیں گے؟"

اس نے انگوٹھی کی طرف کسی قدر بے دلی سے دیکھا۔

میں نے کہا، "اگر وزن کے حساب سے یہ انگوٹھی بیچو گی تو تمہیں دس روپے بھی

نہیں ملیں گے۔ یہ میرا فرض ہے کہ میں تمہارے ساتھ کچھ رعایت کروں۔ مرد کی یہ اخلاقی ذمہ داری ہے اور اس لیے میں اسے پچاس روپے میں لینے کے لیے تیار ہوں۔"

بیوی نے تھوڑی دیر سوچا اور کہا، "چلو ٹھیک ہے۔۔۔ اور اگر لڑکی ہوئی تو تم کو پچاس روپے دینے ہوں گے۔"

میں نے کہا، "اگر لڑکا ہوا تو مجھے کیا ملے گا؟ ایک زنگ لگی ہوئی پرانی انگوٹھی! چلو ہاتھ ملاؤ۔ شرط پکی ہو گئی۔"

بیوی اور میں نے شرط کو پکا کرنے کے لیے ہاتھ ملائے۔

وقت گزرنے کے ساتھ ساتھ میری تشویش میں بھی اضافہ ہوتا گیا۔ اگر لڑکی ہوئی تو پچاس روپے کی رقم ہار جاؤں گا۔ اس سے بچ نکلنے کا کیا کوئی راستہ ہو سکتا تھا؟ میں اسی مسئلے پر غور کر رہا تھا کہ مجھے ان پانچ آدمیوں کا خیال آیا۔ تین نائر تھے اور دو تھیا۔ یہ لوگ مجھے "استاد" پکارا کرتے تھے۔ (ادھر کچھ دنوں سے ہم لوگ ایک دوسرے سے بولتے بھی نہیں تھے۔ آج کل ہندوؤں پر سے میرا بھروسہ اٹھ گیا ہے اور میں نے ان سے صاف صاف کہہ دیا ہے کہ وہ مجھے اب استاد نہ کہا کریں) واقعہ یہ ہوا کہ تینوں نائروں اور دونوں تھیاؤں میں سے ہر ایک نے دس روپے کی شرط لگائی۔ ان سب کا کہنا تھا کہ میری بیوی کے یہاں بچی ہو گی۔ میں نے شرط لگائی تھی کہ اس کے یہاں لڑکا ہو گا۔ شرط کی تصدیق کرنے کے لیے ہم نے ہاتھ ملائے۔ پھر ایک ہندو نے کہا، "اس سب کے خلاف کوئی قانون ہونا چاہیے۔ یہ احمق حکومت ان چیزوں کے بارے میں کبھی کچھ سوچتی بھی ہے؟ ایک مسلمان دس سے لے کر تین سو تک بیویاں رکھ سکتا ہے اور ان کے مقابلے پر بیچارہ ہندو ـــ صرف ایک!"

میں نے کہا، "میرے قبضے میں تو صرف ایک ہے۔"

ان میں سے دوسرے نے کہا، جو موٹا تھا، کہا، "تم چند اور شادیاں کر سکتے ہو۔ نظام بھی تو تمہارے عزیز رشتے دار ہیں، ہیں نا؟ ان کے پاس تو تین سو ہیں۔"

"یہ صحیح ہے۔۔۔ شیریں امکانات۔ اس سمت میں میں سنجیدگی سے سوچوں گا۔"

"آپ کے سنجیدہ خیالات ہمیں بھی تو معلوم ہوں"، موٹے نے کہا۔ "ایک ہم ہیں کہ اپنی اہم نسیں کٹائے اور کنڈوم لیے پھرتے ہیں۔ ہمارے لیے خوش امیدی کوئی چیز نہیں ہے اور ادھر یہ مسلمان۔۔۔ حمل کے نتائج پر شرطیں لگاتے ہوئے گھروں میں جاتے ہیں اور گھروں سے نکلتے ہیں!"

میں نے پوچھا، "کم سنی میں شادی کرنے کے لیے تم سے کس نے کہا؟ کیا میری عمر کے برابر ہونے تک تم انتظار نہیں کر سکتے تھے؟ اس کے علاوہ تم صحیح اور مناسب موقعوں پر شرطیں یا داؤ کیوں نہیں لگاتے؟"

"کیوں؟ ویسے یہ بات ٹھیک ہے"، ہندوؤں نے آپس میں بات کی۔ "ہم نے اس کے بارے میں سوچا ہی نہیں۔ ایک سنہری موقع ہمارے ہاتھ سے نکل گیا۔"

اس کے بعد میرے پاس جیسے میرا کوئی لمحہ اپنا نہیں رہا۔ میں ہر وقت خوش آئند خیالات میں ڈوبا رہتا ہندو آتے اور پوچھتے، "بچہ ہوا؟ لڑکی ہے، ہے نا؟"

میں کہتا، "اس معاملے میں ہندوؤں کو پریشان ہونے کی ضرورت نہیں ہے۔ میری بیوی ایک خوش بخت لڑکے کو جنم دینے والی ہے! اور تم ہندو لوگ پچاس روپے دے کر اور غریب ہو جاؤ گے۔"

شب و روز اسی کیفیت میں گزرتے رہے۔ ایک حسین صبح کو میں ہڑبڑا کر اٹھ بیٹھا۔ قریب کے کمرے سے بیوی کے کراہنے کی آواز آ رہی تھی۔

"گڈ!" میں نے کہا، "مسکرا، عورت! مسکرا، تو عنقریب ایک عظیم چیز دیکھنے والی

ہے۔ مسکرا۔ رومت۔"

بیوی خوش تھی کہ اس کی آوازیں مجھ تک پہنچ رہی ہیں۔ اس نے اور زیادہ زور سے رونا شروع کر دیا۔ میں نے کہا، "بس خاموش ہو جاؤ! ایسی کون سی مصیبت آئی ہوئی ہے؟ لاکھوں کروڑوں، بلاخوف تردید لاکھوں کروڑوں عورتوں نے بچے پیدا کیے ہیں۔ یہ دردزہ ہے، یہ تشنجی کیفیت اور درد کے یہ حملے بچے کی پیدائش کے ہیں۔ ہم مردوں کو اس کا خوب اندازہ ہے۔ بس اب چپ ہو جاؤ اور اپنی ساری توجہ اس کی طرف رکھو جو ہونے والا ہے۔"

تھوڑی دیر حرکت کی کوئی علامت نظر نہیں آئی۔ پھر درد کی لہریں ایک سیلاب کی طرح آئیں، درد و کرب سے بے چین چیخیں نکلیں۔ اس دوران متعدد پیروں، بزرگوں، ولیوں اور رشیوں سے مدد کی التجائیں کی گئیں۔ "ارے علامہ بشیر، عالم بشیر کو پکارو۔ پھر ساری تکلیف رفع ہو جائے گی۔ جلدی کرو۔"

اس وقت تک آوازیں ختم ہو چکی تھیں۔ دبی دبی کراہیں اور دھیمی دھیمی آہیں تھیں۔ اسی وقت دایہ داخل ہوئی۔ ایک قبول صورت عورت۔ اس کی شادی نہیں ہوئی تھی اور اس نے کبھی کسی بچے کو جنم نہیں دیا تھا۔ میں یہ جانتا تھا، اس کے باوجود میں اس سے پوچھنے ہی والا تھا کہ کیا وہ مجھ سے پانچ روپے کی شرط لگائے گی۔ میرے ارادے کو جیسے بھانپتے ہوئے اس نے میری طرف غصے سے دیکھا اور پوچھا، "کیا تم خاموش نہیں رہ سکتے؟ ایسی باتیں نہ کرو جن سے اسے ہنسی آئے۔ تم جاہل مرد، دردزہ کے بارے میں کیا جانو۔"

اتنی سخت تنبیہ کرنے کے بعد عورت جلدی سے اندر واپس چلی گئی۔ میں نے سوچا کہ اس کے رخصت ہو جانے کا جشن میں ایک سگریٹ جلا کر مناؤں۔ میں نے سگریٹ

جلائی اور ایک لمبا کش لیا۔ میرے دماغ میں بہر حال ایک تردد منڈلا رہا تھا۔۔۔ یہ لڑکا ہوگا یا لڑکی؟ حماقت! اس سے فرق کیا پڑتا ہے؟ یہ کافی ہے کہ پیدائش بخیر و خوبی ہو جائے۔ اس کا مطلب یہ تھا کہ میں اپنے ذہن سے سود و زیاں کا ہر خیال نکال چکا تھا۔ اتنے میں بچے کے رونے کی تسکین دہ آواز آئی۔ گویا میرے خیال کا یہ جواب تھا۔

میں دروازے کی طرف لپکا۔ دروازہ بند تھا اور اندر سے چٹخنی لگی ہوئی تھی۔ میں چیخا، "مجھے اندر آنے دو۔"

ایک دوسری چیخ سے بچے نے جواب دیا۔ دایہ نے تمام مردوں کی مذمت میں ایک تقریر کر دی۔

پھر تھوڑی دیر بعد دروازہ کھلا۔۔۔ ایک خوبصورت بچہ۔۔۔ دایہ بچے کی ٹانگیں پکڑے، لٹکائے ہوئے میرے پاس لائی۔ میں نے بچے کے سر کو اوپر کیا اور گود میں لے لیا۔ میں نے اسے پیار کی اور بیوی کے پاس گیا۔ وہ وہاں پسینے میں شرابور، تھکی تھکی نڈھال سی لیٹی ہوئی تھی۔ اس کی آنکھیں نیم وا تھیں۔ میں نے بہت آہستہ سے بچے کو اس کے پاس لٹا دیا اور اسی آہستگی کے ساتھ میں نے اس کی انگلی سے انگوٹھی نکال لی۔ بیوی کو بس یوں ہی پیار کر لیا۔

"عورت! میں خوش ہوں۔ مبارکباد!" یہ کہہ کر میں کمرے سے باہر نکل آیا۔ میں نے دیوار پر سے تھوڑا سا چونا چھڑایا، اس سے انگوٹھی کو صاف کیا۔ پھر میں نے اسے اپنی انگلی میں پہن لیا۔

میں نے اپنے آپ سے کہا، "آداب و سلام، کورنش، اے بادشاہ!" میں نے برش کیا، شیو بنایا، غسل کیا، صاف ستھرے کپڑے پہنے۔ تھوڑی سی کافی پی، ایک سگریٹ جلائی اور ہندوؤں کی تلاش میں چل پڑا۔ میں نے ان کو ڈھونڈ نکالا اور اپنی ساری باتیں بتا

دیں۔

"بچے کا جنم ہو گیا؟"

میں نے ہندوؤں کو خشمگیں نگاہوں سے گھورا۔ صرف یہی نہیں، میں نے ایک فلک شگاف فاتحانہ قہقہہ لگایا۔ ہندو ذرا بجھے بجھے نظر آنے لگے۔ میں نے کہا، "کیا تاریخ کی ابتدا سے ہی ہندو اور مسلمان شرطیں نہیں لگاتے رہے ہیں؟ وہ شرطیں کون جیتا؟۔۔۔ مسلمان—لاؤ روپے نکالو۔"

وہ بے زبان ہو گئے۔ پھر انہوں نے مجھے پچاس روپے دیے۔ میں نے انہیں انگوٹھی دکھائی۔

"دیکھو، ایک شاہی انگوٹھی۔ خالص سونا! یہ انگوٹھی مہاراج وکرمادتیہ کی ہے۔۔۔ نہیں، مہاراجہ اشوک کی۔ نہیں، میں کہنا یہ چاہتا ہوں کہ یہ ہارون الرشید کی انگوٹھی ہے۔"

"تمہیں یہ ملی کہاں سے؟" ہندوؤں نے پوچھا۔

"یہ خاندانی ورثہ ہے۔"

"بے شک! جیسے ہم اس خاندان کو جانتے نہیں ہیں۔ ارے ڈاکو کیا مکولم یا چور اچکے چیپاورن نے کسی ہندو کے یہاں سے چرائی ہو گی۔"

میں نے ان ہندوؤں کے لیے چائے اور کھانے کی کچھ چیزیں منگوائیں جن سے میں نے یہ روپے لیے تھے۔ ان میں سے ہر ایک کو میں نے ایک ایک گولڈ فلیک سگریٹ بھی دی۔ اب ہندو لاٹری کا ٹکٹ خریدنا چاہتے تھے۔ میں مان گیا، کیونکہ ایک روپے میں ایک کار ملنا بہت اچھی بات تھی۔ ان میں سے ہر ایک نے دو دو تین تین ٹکٹ خریدے۔ انہوں نے مجھ سے بھی بچے کے نام سے ایک ٹکٹ لینے پر اصرار کیا۔ ان سب کے سامنے ہی میں

نے کیلے، ٹماٹر، میٹھے لیموں، سیب، اناناس، سنترے، کھجور، حلوہ اور ساتھ ہی سنہری کناری والی ایک چھوٹی سی دھوتی خریدی۔ پکے آم ابھی بازار میں آئے نہیں تھے اس لیے میں نے کچھ کچے آم لیے۔ پھر میں نے ایک قلی کیا جو میرے سامان کو لے کر چلے۔

میں نے انہیں چیلنج کرتے ہوئے الوداع کہی۔ "کیا آئندہ پھر کسی موقعے پر شرط لگانے والا کوئی ہندو ہے؟" جب میں گھر پہنچا اس وقت تک بیوی اور بچہ دونوں نہا چکے تھے۔ دونوں ایک بڑے کمرے میں آ گئے تھے۔

میں نے بیوی کے پلنگ کے قریب ایک بڑی سی میز کھینچی اور سارے پھل وغیرہ اس پر پھیلا دیے۔ بیوی ایک لفظ نہیں بولی۔ میں نے سنہری کناری والا کپڑا بچے کے لپیٹ دیا۔ بیوی نے آہستہ سے دھوتی کو اٹھایا اور مجھے غصے سے گھورتے ہوئے اسے مل دل کر دور پھینک دیا۔ چہرے پر خفگی کے آثار کے ساتھ وہ وہاں لیٹی تھی، ایسا لگتا تھا کہ گویا مجھ سے کوئی بہت بڑی غلطی سرزد ہوئی ہے۔ یہ میں سمجھ نہیں پا رہا تھا۔

"خاتون، اب تم کیا چاہتی ہو؟" میں نے پوچھا۔ "کیا تم اب یہ چاہتی ہو کہ میں جنت سے گولر کا پھول لاؤں؟ اگر تم چاہتی ہو تو میں دو ایک پھول وہ بھی لا سکتا ہوں۔"

"میں اپنی سونے کی انگوٹھی چاہتی ہوں۔ وہ مجھے واپس چاہیے! اور پچاس روپے!"

میں سمجھ نہیں سکا اور میں نے یہ کہہ بھی دیا۔ بیوی نے میری طرف دیکھا، پھر دھیمی آواز میں پوچھا، "بچہ ہمارا بچہ۔۔۔ لڑکا ہے یا لڑکی؟"

"بلاشبہ لڑکی ہے۔"

"ہاہا!" بیوی نے کہا۔

"اوہو!" میں نے کہا۔ "پھر ہوا کیا؟ میں نے سنہری کناری والی ایک چھوٹی سی دھوتی خریدی اور منی سی بیٹا کو پہنا دی۔ ہمیں اسے ننگا نہیں رکھنا چاہیے! تم تو جانتی ہو، تہذیب کا

یہی تقاضا ہے۔"

"ہاں ہاں، تہذیب۔۔۔ بے شک، بے شک! تمام مہذب لوگ اسی طرح پیدا ہوئے تھے۔"

"یہ صحیح ہے۔"

"یقیناً یہ صحیح ہے۔" بیوی نے کہا۔ "مجھے میری سونے کی انگوٹھی اور پچاس روپے مل جانے چاہئیں۔"

"خاتون۔ شرط کون جیتا؟ بچے کی پیدائش سے پہلے تمہاری رٹ کیا تھی؟ یاد ہے؟ پہلا پیارا بچہ لڑکا ہونا چاہیے اور اپنے باپ کی طرح کا ہونا چاہیے۔ جب تم نے یہ سر الاپا اس وقت میرا جواب کیا تھا، پہلا بچہ لڑکی ہونی چاہیے، بالکل اپنی ماں جیسی اور اس دوگانے کا مطلب یہ تھا کہ تمہارے نزدیک اسے لڑکا اور میرے خیال میں اسے لڑکی ہونا چاہیے۔"

"بیوقوفی کا دوگانا!" بیوی نے کہا۔

میں نے کہا، "ایک اور دلیل۔ دردِ زہ بڑی تکلیف دہ چیز ہوتی ہے۔ سچ مچ کا زلزلہ، درد کا ایک طوفان۔ چکاچوندھ کر دینے والی بجلی کی گرج اور ساتھ میں موسلادھار بارش۔۔۔ پھر کیا ہوتا ہے؟ اس ساری کیفیت میں عورت بہت سی باتوں کو بھول جاتی ہے۔ جیسے تم بھول گئی ہو۔ گواہ بھی نہیں ہیں۔ ہم نے لکھ کر بھی نہیں رکھا۔ یہ سب سچ ہے۔ تم نے ساری بات کو غلط ڈھنگ سے سمجھا ہے۔ اسی وجہ سے تم ایسی باتیں کر رہی ہو۔ کسی اچھی عورت کے لیے کیا یہ سب مناسب ہے؟"

یہ صحیح طریق کار تھا۔ اپنی بیوی سے یہ سوال کرنا ہمیشہ اچھا رہتا ہے کہ کسی اچھی عورت کے لیے کیا چیز صحیح اور مناسب ہے۔ بیوی کے ذہن میں کچھ شبہات ضرور پیدا ہو گئے تھے۔ اس نے اپنا ہاتھ اٹھایا جیسے وہ جھگڑے کو ختم کرنا چاہتی ہو۔

"میں ادھر کئی دن سے کھٹا آم کھانا چاہتی تھی۔ مگر میں نے تم سے کہا نہیں کہ آج کل اس کا موسم نہیں تھا۔ میرے بغیر کہے ہوئے تم لے آئے۔ بہت بہت شکریہ۔" بیوی نے آم کو سونگھا۔ "انہیں دھولینا چاہیے"، اس نے کہا۔

بیوی نے کمرے میں لگی ہوئی ڈوری کے ایک کنارے کو پکڑنے کے لیے اپنا ہاتھ بڑھایا۔ میں نے کہا، "کھٹا آم مت کھاؤ۔ اگر کچھ کھانا ہی چاہتی ہو تو اس وقت کوئی میٹھی چیز کھالو۔"

پلنگ پر پڑی ہوئی ڈوری ایک لمبی ڈوری تھی۔ اس کے دوسرے سرے پر ایک ساٹھ سالہ بوڑھی عورت تھی۔ وہ باورچی خانے سے پرے بنے ہوئے اسٹور روم کے ایک کونے میں سوچ میں ڈوبی ہوئی بیٹھی تھی۔ وہ خاصی بہری تھی، مگر بہرے پن کے باوجود میری بیوی اس سے گھنٹوں بین الاقوامی مسائل پر گفتگو کر سکتی تھی۔ آئنسٹائن کے نظریات تک زیر بحث آتے تھے۔ جہاں تک میرا معاملہ ہے تو اس عورت سے ایک لفظ بھی کہنا میرے لیے جوئے شیر لانے سے کم نہ تھا۔ میں نے کہا، "اس سے کہو کہ ان پھلوں کو کسی محفوظ جگہ رکھ دے اور یہ بھی کہہ دو کہ کچے آموں کی تھوڑی سی چٹنی بنالے۔"

میں نے بچے کو پیار کیا اور بیوی کو بھی۔ میں کمرے سے باہر نکل آیا۔ بہت سے مختلف مسائل کے بارے میں مجھے پریشانی تھی۔ میں گھر کے سامنے لگے ہوئے آم کے درخت کی ایک شاخ پر چڑھ کر بیٹھ گیا اور سامنے دور خلا میں گھورتا رہا۔

کیا وہ پانچوں ہندو ادھر آرہے ہیں؟

مجھے شاخ پر بیٹھے ہوئے ابھی تھوڑی ہی دیر ہوئی تھی کہ لال چیونٹوں نے حملہ شروع کر دیا۔ یہ چیونٹے مسلمانوں کے دشمن ہیں اور ان کا کاٹنا بڑا تکلیف دہ ہوتا ہے۔ میں درخت سے نیچے اترا۔ میں نے جسم سے چمٹے ہوئے چیونٹوں کو چھڑایا اور جاکر احاطے کے

ایک کونے میں کھڑا ہو گیا۔ وہاں جھاڑیوں کا ایک جنگل سا اگا ہوا تھا۔ مگر جھاڑیاں اتنی اونچی نہیں تھیں کہ ان کے اندر چھپا جا سکے۔ اب کیا ہو؟

میں روپوش ہو گیا۔ اب میں نکلتا تو بس پتلی پتلی گلیوں سے گزرتا۔ اگر کبھی مجھے ہندوؤں کے گھروں کے سامنے سے گزرنا پڑتا تو میں چھتری کو جھکا کر اپنا منہ چھپا لیتا۔ میں زیادہ تر گھر میں ہی رہنے لگا۔ اپنے گھر کے مہمانوں کے کمرے میں میں نے تالا ڈال دیا۔ بیوی اور بچے کو دیکھنے عورتیں آئیں گی، ہندوؤں کے کانوں تک یہ بات پہنچے گی۔ میں نے برساتی میں قیام کرنے کے بارے میں سوچا، لیکن بیوی پوچھے گی کہ یہ کیوں۔ اس کا بھی امکان ہے کہ ہندوؤں کو یہ ساری باتیں معلوم ہو چکی ہیں۔ ان کے جاننے کی کوئی وجہ تو نہیں ہے، میں نے اپنے کو اس خیال سے تسکین دی۔ ایک دن میں بچے کو نہلا دھلا کر بیوی کے پاس بیٹھا ہوا تھا۔ سہ پہر کے تین بجے ہوں گے۔ باورچی خانے میں سفید پتھیری اور سفید چاولوں کی روٹیاں بن رہی تھیں۔ گوشت کے سالن کی بڑی عمدہ خوشبو میری ناک میں آ رہی تھی۔ اچانک باہر کے گیٹ کے کھلنے کی آواز آئی۔ پھر جو آواز آئی وہ کسی شور و غل کی آواز نہیں تھی۔ اب آنے والی آواز ایسی تھی جیسے پانچ آدمی پانچ مختلف سمتوں سے چلا کر کہہ رہے ہوں، "استاد ہیں؟"

یہ وہی ہندو تھے۔ انہوں نے گھر کو گھیر لیا تھا۔ اب میں کیا کروں؟

میں نے بیوی سے سرگوشی کی، "ان سے کہہ دو کہ گھر میں نہیں ہوں۔۔۔ کہہ دو کہ مجھے اچانک پریزیڈنٹ ناصر نے بلوا لیا اور میں مصر گیا ہوا ہوں۔ نہیں، بس یہ کہہ دو کہ تیرپوتی تھارا گیا ہوں۔۔۔ نہیں نہیں یہ بھی نہیں۔۔۔ تم بس یہ کہہ دو میں مدراس گیا ہوں۔"

باہر سے ایک آواز آئی، "ہم لوگ اندر آ رہے ہیں۔ ہم ماں اور بچے کو دیکھنا چاہتے

ہیں۔"

"بیوی ان سے کہہ دو کہ وہ اندر نہیں آسکتے۔ انہیں اندر آنے سے منع کر دو۔" مگر اس سے پہلے کہ میں یہ کہوں، پانچوں موٹے ہندو کمرے میں داخل ہو گئے جہاں ایک باعزت خاتون اپنے نوزائیدہ بچے کو لیے ہوئے لیٹی تھی۔۔۔ اکبر، حیدر علی، شاہ جہاں۔۔۔ یا اللہ! میں غضبناک ہو رہا تھا۔

میں نے خونخوار نظروں سے ان کی طرف دیکھا۔ انہوں نے مجھے یکسر نظر انداز کر دیا۔ ان لوگوں میں سے ایک کے ہاتھ میں خالص شہد کی ایک بوتل تھی۔ انہوں نے بوتل میری بیوی کو دے دی۔ بیوی نے بوتل مجھے تھما دی۔ میں نے بوتل کھولی اور چکھنے کے لیے شہد کے دو گھونٹ اتار لیے۔ شہد بہت اچھا تھا۔ میں نے تھوڑا سا شہد بیوی کے منھ میں ڈالا اور ذرا سا بچے کو چٹا دیا۔ پھر بوتل کی ڈاٹ بند کر کے اسے میز پر رکھ دیا۔

ایک ہندو نے بچے کو گود میں اٹھا لیا۔ باقی سب اس کے گرد جمع ہو گئے۔ انہوں نے مجھ کو غور سے دیکھا اور اعلان کیا، "ٹھیک ہے۔ بیٹی ہے!"

میں خاموش رہا۔ بیوی کو بھی، ظاہر ہے، شوہر کی پیروی کرنا تھی۔ اگر اس نے نوزائیدہ کو سنہری کناری والے کپڑے میں لپیٹ دیا ہوتا تو!

ایک ہندو نے پوچھا، "تم نے نوزائیدہ بچے کا نام کیا رکھا؟"

"شاہینہ۔ میرا خیال ہے، اس کے معنی ہوتے ہیں شہزادی"، بیوی نے کہا۔

"شاہینہ!" ہندوؤں نے کہا۔ "یہ کسی بادشاہ کی بیٹی کا نام ہے نا؟ ہم بچی کو اپنی دعائیں اور پنی نیک خواہشات دیتے ہیں۔ خدا دونوں کو لمبی عمر، اچھی تندرستی اور خوشحالی عطا کرے!" ذرا دیر خاموشی رہی۔۔۔ سناٹا۔ "اور باپ کو بھی!"

انہوں نے میز پر سے پانچ کیلے اٹھائے، انہیں چھیلا اور کھانے لگے۔ میں نے کہا،

"ہندو ایک مسلمان باپ کا گوشت قتلے قتلے کر کے کھا رہے ہیں۔"

ہندو کچھ نہیں بولے۔ انہوں نے کیلے کے چھلکے بڑے سلیقے کے ساتھ اکٹھا کیے اور انہیں میز پر رکھ دیا۔ اب ان کی توجہ سیبوں کی طرف ہوئی۔ انہوں نے کونے میں رکھی ہوئی چٹائی اٹھائی، اسے زمین پر بچھایا اور دیوار سے ٹیک لگا کر بیٹھ گئے۔ پھر ایک نظر مجھ پر ڈالی۔ ان میں سے ایک ہندو نے زور کا ایک قہقہہ لگایا، پھر دوسروں سے بولا، "کیا یہ میری نانی کٹی کو دھوکا دے سکتا ہے؟ ابھی کل جب اس نے کھڑکی سے باہر دیکھا تو اسے ایک آدمی جھکتا اور چھتری سے اپنا منھ چھپاتا ہوا دکھائی دیا تھا اور وہ بھیس بدلے ہوئے ایک ماڈرن مسلمان باپ تھا۔"

ایک لمحے توقف کے بعد سارے ہندوؤں نے بیک آواز کہا، "ہوں، تو نومولود ایک بچی ہے۔"

بیوی کے چہرے پر کسی شبہے کے تاثرات یوں ابھرے جیسے کوئی راز اس پر منکشف ہوا ہو۔ اس نے پوچھا، "کیا تم لوگوں نے کوئی شرط لگائی تھی؟"

سب سے موٹا ہندو، نانی کٹی کا شوہر بولا، "ہاں ایک چھوٹی سی شرط تھی۔ اگر نومولود لڑکی ہوئی تو مسلمان باپ ہم پانچوں ہندوؤں کو دس دس روپے دے گا اور اس کے برعکس اگر لڑکا ہوا تو غریب ہندو بچے کے باپ کو پچاس روپے دیں گے!"

"اور۔۔۔؟" بیوی نے حیرت سے پوچھا۔ اس کی نگاہیں مجھ پر جمی ہوئی تھیں۔

دوسرے موٹے ہندو نے کہا، "اس مسلمان باپ نے ہمیں بچے کی پیدائش کی اطلاع دی اور ہم غریب ہندوؤں سے پچاس روپے لے لیے۔ بس اتنی سی بات ہے۔"

بیوی مجھے گھور رہی تھی۔ اس نے پوچھا، "کیا انہوں نے تم سے کہا کہ لڑکا ہوا ہے؟"

"ارے نہیں! بالکل نہیں!" ہندوؤں نے کہا۔ "یہ تو ان کے چہرے پر لکھا ہوا تھا۔"

"تمہارا مطلب کیا ہے؟" بیوی نے پوچھا۔ اب اس کے دماغ میں شبہات نے سر اٹھایا۔

نانی کٹی کے موٹے شوہر نے کہا، "مسلمان باپ ہم لوگوں کے پاس آیا اور زور سے ہنسا۔ ہنسنے کے بعد بولا، گائے نے بچہ دے دیا اور یہ بھی کہا کہ ہندو شرط ہار گئے۔ ہندوؤں نے خوشی خوشی پچاس روپے مسلمان باپ کی ہتھیلی پر رکھ دیے۔"

صحیح ہے کہ ہندو دغابازوں نے مجھے پچاس روپے دیے۔ مگر ہنس کر اور خوشی خوشی دیے، یہ صحیح نہیں ہے۔ آخر یہ جھوٹ کیوں؟"

ماحول پر خاموشی طاری ہو گئی۔ اس خاموشی میں صرف سیب کھانے کی آواز آ رہی تھی جن کا یہ ہندو صفایا کر رہے تھے۔ سیب جو بد قسمت مسلمان باپ کے تھے!

بیوی نے میری انگلی میں چمکتی ہوئی انگوٹھی کی طرف اشارہ کرتے ہوئے پوچھا،

"یہ انگوٹھی دیکھ رہے ہو؟"

"شاہی انگوٹھی!" ہندوؤں نے کہا۔ "یہ کس کی انگلی کی زینت تھی؟ اشوک کی؟ اکبر کی؟ ہارون الرشید کی؟"

"یہ میری انگلی میں تھی"، بیوی نے کہا۔ "میری ماں کی ماں کی ماں کے باپ نے بادشاہ کو اس کے دشمنوں سے بچایا تھا۔ اس کے صلے میں انعام میں جہاں اور بہت سی چیزیں ملی تھیں ان میں یہ انگوٹھی بھی تھی۔ جوں ہی اس آدمی نے (میری طرف اشارہ کرتے ہوئے) اس کے بارے میں سنا، کہنے لگا کہ اس پر میرا حق ہے۔ میں ہی اصل وارث ہوں۔"

"یہی تو سلطان ہے، ہے نا؟ پھر کیا ہوا؟"

بیوی نے کہا، "ہم نے آپس میں ایک چھوٹی سی شرط لگائی: اگر میں نے لڑکے کو جنم

دیا تو میں یہ انگوٹھی اسے دے دوں گی اور اگر لڑکی ہوئی تو یہ مجھے پچاس روپے دے گا۔ بچی کی پیدائش کے فورا بعد جب اس نے میری انگلی سے انگوٹھی نکالی تو میں ہنس پڑی۔"

"جھوٹی!" میں چلایا۔ "تم ہنسی بالکل نہیں تھیں۔ تمہیں تو پتا بھی نہیں چلا تھا۔ تم تو تھکی ہوئی اور پسینے سے شرابور پلنگ پر پڑی ہوئی تھیں۔"

"کیا میں اپنے ذہن میں، اپنے خیال میں نہیں ہنس سکتی؟" بیوی نے پوچھا۔

میں نے ہندوؤں کو بتایا، "یہ ایک مفت کا مشورہ ہے۔ ایسی عورتوں سے بحث میں کبھی نہ الجھو۔"

"اچھا تو یہ بات ہے؟ بہت اچھے!" آگے نکلے ہوئے دانتوں والے ہندو نے کہا۔ "ہم لوگ ذرا پاؤں پھیلا لیں۔"

پانچوں ہندو لیٹ گئے۔۔۔ کچھ چٹائی پر اور کچھ سیمنٹ کے فرش پر۔۔۔ میں نے پوچھا، "اب تم لوگوں کا کیا ارادہ ہے؟"

ہندوؤں نے کہا، "ستیہ گرہ۔ مرن برت۔ ہمارے پاس نعروں کا بھی ایک ذخیرہ ہے۔ ہندوؤں کا جو حق ہے وہ انہیں ملنا چاہیے۔۔۔ بیوی کا حق بیوی کو۔۔۔ انقلاب، زندہ باد!"

اسی وقت شاہینہ کلبلائی۔ میں نے کہا، "بیٹی، ڈرو نہیں۔"

ہندو اچانک اٹھ کر بیٹھ گئے۔ ان کے نتھنے پھڑکے اور انہوں نے باورچی خانے کی طرف دیکھا۔

"اچھا تو گوشت پک رہا ہے؟ بہت بڑھیا! ہم اپنے برت کے ملتوی کرنے کا اعلان کرتے ہیں۔ ہم یہاں ساری عمر بیٹھے رہیں گے۔ اٹھا سکو تو اٹھا دو۔ ستیہ گرہ!" ایک موٹے ہندو نے کہا۔

"اگر ہم ساڑھے چھ بجے تک اپنے اپنے گھر نہ پہنچے تو ہماری بیویاں اور چودہ بچے سب کے سب ہمیں لینے یہیں آجائیں گے۔ پھر وہ بھی یہیں ٹھہریں گے!"

بیوی مجھے غصے سے گھورتی رہی۔ "تم نے سن لیا؟ ہندوؤں میں ہر ایک کے اوسطاً نو بچے ہیں اور یہ بے وقوف مسلمان۔۔۔"

"دس سے تین سو شادیاں کرنے کے باوجود۔"

بے چارے بے وقوف مسلمان نے کہا، "او دنیا کے باسیو! یہ گول دنیا لاکھوں برس پہلے وجود میں آئی تھی اور اب بھی ویسی ہی ہے۔ مگر انسان بڑھتے رہتے ہیں۔ نوع انسان میں ہر روز ہزاروں لوگ بڑھ جاتے ہیں۔ یہاں کھانے کے لیے کھانا نہیں ہے، سر چھپانے کی جگہ نہیں ہے۔ کھیت اور جنگل کم ہوتے جا رہے ہیں۔ ہر طرف قلت ہے۔ مسلمان نے یہ سب دیکھا اور اپنے دل میں سوچا کہ اب آج سے صرف دو بچے کافی ہوں گے۔ پھر ہندوؤں نے۔۔۔"

"یہ بات پہلے ہندوؤں نے کہی تھی۔"

ایک دوسرا ہندو بولا، "میرا خیال ہے ایک کرسچین تھا جس نے سب سے پہلے یہ بات کہی تھی۔"

میں نے کہا، "سچ تو سچ ہوتا ہے، کہے کوئی بھی۔ مسلمان نے واقعی اس پر عمل کیا۔ لیکن ہندوؤں نے۔۔۔ تم نے سنا بیوی؟ ہر ایک کے نو سے زیادہ ہیں۔۔۔"

بیوی آہستہ آہستہ کھڑی ہوئی، پھر گھور کر ہندوؤں کی طرف دیکھا۔ میں نے کہا، "بیوی، تمہارا جسم ابھی کمزور ہے۔ ابھی تمہیں ہندوؤں کو مارنا یا نوچنا کھسوٹنا نہیں چاہیے۔ ہاں تم دھیمی آواز میں انہیں کوس سکتی ہو۔ میں تمہارا لاؤڈ اسپیکر بن کر تمہاری گالیوں کو زور سے بک دوں گا۔ نو نو بچے۔۔۔ تف ہے!"

ہندوؤں میں سے ایک نے میری بیوی سے کہا، "یہ ایسی باتیں ہم لوگوں کے اندر پھوٹ ڈالنے کے لیے کر رہا ہے۔ یہ بوڑھا باپ ابھی اور کئی شادیاں کرنے کا ارادہ رکھتا ہے۔ یہ ایک مسلمان ہے، ہے نا؟ اور پھر۔۔۔ ایک پورا حرم۔۔۔"

"یہ شادیاں کر کے اپنی بیویوں کو یہاں لائیں تو سہی!" بیوی نے کہا۔ "میں دروازے پر موسل لے کھڑی ہوں گی اور ان میں سے ہر ایک کو، ایک ایک کر کے موت کے گھاٹ اتار دوں گی۔"

"کیا یہی عورتوں کا اخلاق ہے؟" میں نے حیرت سے کہا۔ "سری کرشنا کے زمانے میں بڑے بڑے موسلوں سے ڈرانے دھمکانے کا رواج نہیں تھا۔"

میں یہ بات کہہ رہا تھا اور بیوی اپنی انگلیوں پر گن رہی تھی۔۔۔ تارا کٹی، دکشو، وشو لکشمی، للتا، نانی کٹی، ان سب میں صرف نانی کٹی کے تین بچے تھے۔

یہ سن کر نانی کٹی کا موٹا شوہر بولا، "اس کے لیے میں کیسے ذمہ دار ہوں؟ دوسری بار نانی کٹی نے جڑواں بچوں کو جنم دے دیا۔"

"ہندو سیکڑوں بہانے بنا سکتے ہیں اور جب چاہیں جڑواں بچے پیدا کر سکتے ہیں۔"

"پھر ہم تیس یا چھتیس کی گنتی پر کیسے پہنچے؟" بیوی نے پوچھا۔

میں نے کہا، "یہ ہندوؤں کے بلیک مارکٹ کے بچے ہیں۔"

"بلیک مارکیٹ کے بچے؟" بیوی نے حیرت سے ہندوؤں کی طرف دیکھا۔

میں ہندوؤں کو یہ بتانے کا موقع نہیں دینا چاہتا تھا کہ میرا مطلب ان کی بہنوں کے بچوں سے ہے۔ اس لیے میں نے بیوی سے کہا، "بیوی، ذرا اس رسی کو دو ایک جھٹکے دے کر ہلاؤ اور اس بڑھیا سے کہو کہ ان ہندوؤں کو آدھی آدھی پتھیری اور تھوڑا سا سالن اور گوشت کی ایک ایک بوٹی دے دے۔ جھگڑا طے ہوا۔ ہم نے، میرا مطلب ہے کہ میں

نے ہر نائر ہندو کو پانچ پانچ روپے اور ہر تھیا کو ساڑھے چار چار روپے دینے کا فیصلہ کیا ہے۔"

بیوی نے کہا، "ہر ایک کو پیٹ بھر پتھیری اور سالن ملے گا اور بعد کو چائے بھی۔"

"ٹھیک ہے"، میں نے کہا۔

اب ہر مسئلہ خوشگوار طور پر طے ہوتا ہوا نظر آرہا ہے۔ مگر کیا یہ ہندو سب کچھ خوش اسلوبی سے طے ہونے دیں گے؟ نائر ہندوؤں میں سے دو ہنسے۔ ان میں سے ایک نے کہا، "بہت اچھا! نیچی ذات والوں کو آٹھ آنے کم ملیں گے۔ بالکل انصاف کی بات ہے۔"

نانی کٹی کا موٹا شوہر، جو تھیا ذات کا تھا، خفا ہو گیا۔

"چھوٹی ذات کا کون ہے؟ اس بوڑھے مسلمان باپ کو چاہیے کہ وہ ہم تھیاؤں کو چالیس روپے دے۔"

کیا نائر ہندو اس کی اجازت دیں گے؟ ان میں سے ایک نے کہا، "بھلے زمانوں میں اس سے بہت کم پیسوں پر قتل ہوئے ہیں۔ اس مسلمان باپ کو ہم نائروں کو ساٹھ روپے دینے ہیں! اور سود کے طور پر پیٹ بھر پتھیری اور سالن۔"

کیا بیوی کچھ کم پر راضی ہو جائے گی؟ بیوی نے کہا، "میری ننھی شاہینہ کے باپ کو انگوٹھی مجھے دینا ہو گی اور ساتھ ہی پچاس روپے۔"

اور اس طرح بیوی اور ہندو جیت گئے۔ ہندوؤں کی نگران آنکھوں کے سامنے میں نے بیوی کو سونے کی انگوٹھی اور پچاس روپے دیے۔ جہاں تک ہندوؤں کا معاملہ ہے انہیں پتھیری گوشت کا سالن، چائے اور سگریٹ ملی اور ان سب چیزوں کے علاوہ ایک سو روپے بھی۔ ہندوؤں نے جانے سے پہلے مل کر اور بڑی شدت سے مجھ پر الزامات کی

بوچھار کی۔ ان کے جانے کے بعد بیوی نے مجھ سے پوچھا، "کیا تم انگوٹھی پہننا چاہتے ہو۔ بالکل مفت؟"

"نہیں بیوی! تم۔۔۔ تم۔۔۔"

ننھی بچی کی آواز آئی، "غوں غوں!"

میں نے کہا، "ٹھیک ہے بیٹی۔"

بیوی نے پوچھا۔ "ننھی کیا کہہ رہی ہے؟"

"خدا حاضر و ناظر ہے"، میں نے کہا۔

اگر اللہ کی مہربانیاں شامل حال ہوں تو کیا کوئی نقصان میں رہ سکتا ہے؟ ایک دن میں شہر سے واپس آیا تو میں نے بیوی سے پوچھا، "یہ کچھ رقم ہے، نقد۔ تم اپنی اس معمولی سی انگوٹھی کے لیے کتنے روپے چاہتی ہو؟"

"ایک سو ایک"، بیوی نے کہا۔

"ٹھیک ہے"، میں نے کہا۔ "پھر اب، خدا پر بھروسہ کرو اور مسکراتے ہوئے اپنی انگوٹھی اتار دو۔ یہ رہے روپے!"

میں نے اپنی جیب سے روپے نکالے اور ایک سو ایک روپے گن کر بیوی کو دے دیے۔ بیوی نے انگوٹھی اتار کر مجھے دے دی۔ میں نے اسے اپنی انگلی میں پہن لیا۔

"سونے کی انگوٹھی۔ کتنی خوبصورت ہے!"

میں نے روپوں کی ایک گڈی نکالی۔۔۔ بہت روپے تھے۔۔۔ اور سارے روپوں کو بچی کے اوپر نچھاور کر دیا۔ بیوی حیرت زدہ ہو کر بڑبڑائی، "یہ انہیں بھگو دے گی۔" اس نے روپوں کو جمع کر کے گنا۔

"تین سو پینسٹھ۔ یہ تمہیں ملے کہاں سے؟"

"کہاں سے؟ اللہ نے دیے۔ میں نے بیٹی کے نام سے لاٹری کا ٹکٹ خریدا تھا۔ اس میں مجھے ٹرانزسٹر ملا۔ ہندوؤں کو کچھ نہیں ملا۔ ہم نے ٹرانزسٹر چار سو پچھتر روپے میں بیچ دیا۔ ہم سب نے چائے پی، اس کے ساتھ کھایا بھی۔ بیوی، بتاؤ اب کون جیتا؟"

"میں!" بیوی نے کہا۔

"تم؟" میں نے کہا اور ایک تاگے میں انگوٹھی کو باندھ کر ادھر ادھر گھمانے لگا۔ "اے بادشاہ! تیرا نام ماضی کے دھندلکوں میں گم ہو گیا۔ ہم تیری روح کے سکون کی دعا کرتے ہیں، تیرے آشیرواد اور تیری عنایت سے مجھ جیسا حقیر فقیر آدمی اسے اپنی بیٹی کے گلے میں ڈالنے جا رہا ہے۔"

میں نے انگوٹھی بیٹی کے گلے میں لٹکا دی۔ بیٹی کے سینے پر انگوٹھی کی چمک دیکھنے والی تھی۔ بیٹی کے منھ سے آواز نکلی، "غوں غوں۔"

میں نے کہا، "بیٹی غوں غوں۔۔۔ جوں جوں وقت گذرتا جائے گا، میں اور میرا نام ماضی کی ہزاروں برس کی دھند میں گم ہو جائے گا، اس وقت ایک نوجوان عورت کہے گی، میری ماں کی ماں کی ماں نے سونے کی یہ انگوٹھی میرے گلے میں ڈالی تھی۔"

***

ماں

ایک دور دراز شہر کی زندگی کے مصائب جھیلتے ہوئے بیٹے کو ماں خط لکھتی ہے۔ اس کی تحریر میں اس کے دل کا درد ہے، "بیٹے، میں بس تجھے دیکھنا چاہتی ہوں۔"

صرف اتنا ہی لکھ کر وہ رکتی نہیں ہے۔ گرامر کے ہر قاعدے اور ہر اصول سے عاری، گھسیٹ میں لکھے ہوئے خط میں بہت سے اور بھی الفاظ جملوں کی لڑیوں میں پروئے ہوئے ہیں۔ جملوں کی بے ربطی اور تحریر کی بدخطی کے باوجود اس کے دل کا درد بالکل واضح ہے۔ ایک زمانہ ہو گیا تھا ایک دوسرے کو دیکھے ہوئے۔

بیٹا جانتا ہے کہ ماں ہر روز اس کی راہ دیکھتی ہے، اس کے آنے کی توقع اسے ہر لمحہ رہتی ہے۔ مگر وہ کر ہی کیا سکتا تھا؟ سفر کے لیے اس کے پاس پیسے نہیں ہیں۔ شہر میں ایک ایک دن گذارنا اس کے لیے ایک مسئلہ ہے۔ مجھے کل روانہ ہو جانا چاہیے، مجھے ماں سے ملنے اب جانا ہی چاہیے۔ یہی سوچ سوچ کر وہ اپنے آپ کو تسلی دیتا ہے۔ مگر دن، ہفتوں میں، ہفتے مہینوں میں اور مہینے برسوں میں بدلتے جاتے ہیں۔ ماں ہر روز بیٹے کا انتظار کرتی ہے۔ یہ سب میں اپنی ماں کے بارے میں کہہ رہا ہوں۔ اس کے بعد جو کچھ کہنے کا میرا ارادہ ہے وہ بھی اپنی ماں کے بارے میں ہی ہو گا۔

یہاں ہندوستان میں جہاں میں رہتا ہوں، ہر بیٹا اپنی ماں کے بارے میں یہی کچھ کہے گا۔ میں جدوجہد آزادی کے بارے میں بات کرنے والا ہوں۔ میری ماں سے اس کا

کوئی براہ راست تعلق نہیں ہے سوائے اس کے کہ میں اس کا بیٹا ہوں۔ سارے ہندوستان میں مائیں ہیں جنہوں نے مجھ جیسے بچوں کو جنم دیا ہے۔ اپنی مادر وطن کی آزادی کی لڑائی میں جب ان کے بچوں کو سلاخوں کے پیچھے بند کیا گیا تو ان ماؤں نے کیا کیا؟ ہندوستان کے نوجوان مرد اور نوجوان عورتوں کو سزائیں ملیں، انہیں مارا پیٹا گیا، بدیسی حکومت کے چمچوں نے ان کی ہڈیاں پسلیاں توڑ دیں، انہیں کال کوٹھریوں میں ٹھونس دیا گیا۔ جیل سے باہر ہزاروں ماؤں نے کیا کیا؟ میں یقین سے نہیں کہہ سکتا۔ مگر یہ میں اچھی طرح جانتا ہوں کہ میری ماں نے کیا کیا۔

میں وہ سب لکھنے جا رہا ہوں جو پیش آیا۔ ایسا کرنے میں میرے سامنے کوئی مقصد نہیں ہے۔ میں جب ماں کا خط پڑھتا ہوں تو کئی پرانی یادیں میرے ذہن میں تازہ ہو جاتی ہیں۔ ویکوم سے کالی کٹ جانے اور نمک ستیہ گرہ میں حصہ لینے کی کہانی۔

اس واقعے کو بیان کرنے سے پہلے مجھے کچھ کہنا ہے۔ یہ کہتے ہوئے میں کسی راز کو منکشف نہیں کر رہا ہوں کہ میں یہ ۱۹۳۷ء میں لکھ رہا ہوں اور یہ کہ ہندوستان ابھی آزاد نہیں ہوا ہے۔ یہ بھید بہر حال میں کھول ہی دوں کہ مجھے گھونسے لگے، میں نے لاتیں کھائیں اور مجھے سزا ہوئی گاندھی جی کی وجہ سے۔ پھر بھی یہ سب کچھ میرے ساتھ نہ ہوا ہوتا اگر میری ماں نے مجھے جنم نہ دیا ہوتا۔ میری ماں نے بھی میری وجہ سے ہونے والی ذہنی اذیت نہ جھیلی ہوتی۔ میری ماں نے غلامی، افلاس اور ناقابل بیان مصائب کی اس سرزمین میں مجھے آخر جنم ہی کیوں دیا؟ ہندوستان میں یہ سوال تو تمام ماؤں سے ان کے بیٹے اور بیٹیاں کرتے ہیں۔

یا پھر یہ سوال عورتوں اور مردوں کے ذہن میں اب بھی بن پوچھا رہ رہا ہو گا۔ ہندوستان اتنا غریب کیوں ہے؟ میں اپنا سر اٹھا کر یہ نہیں کہہ سکتا کہ "میں ایک ہندوستانی

ہوں۔" میں تو بس ایک غلام ہوں۔ مجھے ایک غلام ملک سے، جو ہندوستان ہے، نفرت ہے۔ مگر پھر ہندوستان کیا میری ماں نہیں ہے؟ اپنی کوکھ سے مجھے جنم دینے والی ماں جس طرح مجھ سے کچھ توقعات رکھتی ہے، اسی طرح کیا ہندوستان کو مجھ سے کچھ توقعات نہیں ہیں؟ ہندوستان کی زمین میرے مردہ جسم کو اسی طرح اپنی آغوش میں لینے کی توقع رکھتی ہے جس طرح میری ماں مجھے زندہ دیکھنا چاہتی ہے۔

توقعات!

مجھے یاد ہے کہ مجھے میری ماں نے جنم دیا۔ اپنا دودھ پلا پلا کر مجھے بڑا کیا۔ پال پوس کر مجھے جوان، ایک پکا پورا مرد بنایا۔ ماں کہتی ہے کہ میں اس کی دعاؤں اور منتوں کا پھل تھا۔ "تو بڑی مرادوں اور منتوں کے بعد پیدا ہوا تھا۔" ہر ماں اپنے بچے سے یہی کہتی ہے۔ میں اپنے احساسات اور اپنے دل کی کیفیت بیان نہیں کر سکتا۔ میرے ہاتھوں کو باندھنے والی ہتھکڑیوں کی طرح بالکل صاف ہیں حوالات کے کمرے، جیل اور پھانسی کے تختوں کو اور ان کے سامنے کھڑے ہوئے پولس والوں، سپاہیوں اور جیلروں کو دیکھتا ہوں۔

ہندوستان اونچی اونچی دیواروں والا سب سے بڑا جیل ہے، جو ذہن و جسم کو مقید رکھتا ہے۔ یہ بات گاندھی جی نے کہی تھی، مگر مجھے یہ یاد نہیں کہ کب۔ گاندھی جی کی وجہ سے میری جو پٹائی ہوئی تھی وہ مجھ اچھی طرح یاد ہے۔ مجھے ایک برہمن نے مارا تھا، جس کا نام تھا وینکٹیشورایر۔ وہ ویکوم انگلش ہائی اسکول کا ہیڈ ماسٹر تھا۔ پورے سات بید! یہ قصہ نمک ستیہ گرہ کے زمانے کا ہے۔

قصبے میں بڑا جوش و خروش تھا۔ گاندھی جی آ رہے تھے۔ دریا کے دونوں کناروں پر لوگوں کی زبردست بھیڑ تھی۔ بھیڑ کو چیرتا پھاڑتا میں اپنے کچھ دوسرے طالب علم ساتھیوں کے ساتھ مجمعے کی اگلی صفوں تک پہنچ گیا۔ ذرا فاصلے پر ہم نے ایک کشتی میں

گاندھی جی کو دیکھا۔ سمندر کی ایک اونچی لہر کی طرح، وہاں پر جمع ہزاروں لوگوں کی آواز آئی، "مہاتما گاندھی کی جے!" بدیسی راج کو للکارتی ہوئی۔

ان کی باچھیں کھلی ہوئی تھیں۔ سامنے کے دو دانت غائب تھے۔ دونوں ہاتھ جوڑ کر انہوں نے لوگوں کو سلام کیا اور مسکراتے ہوئے کنارے پر اتر گئے۔ ہر طرف غضب کا شور تھا۔ وہ کنارے پر کھڑی ہوئی ایک کار میں بیٹھ گئے۔ کار نے مجمعے کے بیچ آہستہ آہستہ حرکت شروع کی۔ اس کی منزل ستیہ گرہ آشرم تھی۔ بہت سے طالب علم کار پر لٹک گئے۔ میں بھی ان طالب علموں میں تھا۔ اس ساری افراتفری میں میری بس ایک خواہش تھی۔۔۔ مہاتما کو چھونے کی، دنیا بھر کے چہیتے مہاتما کو۔ مجھے لگتا تھا کہ اگر میں نے مہاتما کو چھوا نہیں تو میں زندہ نہیں رہوں گا۔ فرض کرو ہزاروں لاکھوں کی اس بھیڑ میں سے کسی نے مجھے دیکھ لیا۔ مجھے ڈر لگ رہا تھا۔ میں نے بہرحال ہر خوف اور ہر ڈر کو اپنے دماغ سے نکالا اور بہت دھیرے سے گاندھی کے بائیں کاندھے کو چھو لیا۔

میری اس حرکت کو کسی نے نہیں دیکھا۔

شام کو گھر واپس آنے پر میں نے بڑے فخر کے ساتھ اپنی ماں کو بتایا، "اماں، آج میں نے گاندھی جی کو چھو لیا۔"

ماں جسے کچھ نہیں معلوم تھا کہ یہ گاندھی کیا چیز ہے، حیرانی اور سراسیمگی سے کانپ اٹھی۔ "ارے۔۔۔ میرے بیٹے!" ماں نے کہا۔ اس کا منہ کھلا ہوا تھا اور وہ مجھے حیرت سے تک رہی تھی۔

مجھے یاد ہے۔ ہمارے ہیڈ ماسٹر ستیہ گرہ کے مخالف تھے۔ وہ گاندھی جی کے بھی خلاف تھے۔ اس لیے انہوں نے طالب علموں کو گھر میں بنائی کھردری کھادی پہننے کو منع کر دیا تھا۔ انہوں نے طالب علموں کے آشرم جانے پر بھی پابندی لگا دی تھی۔ میں ان

دنوں کھادی پہنتا تھا۔ میں آشرم بھی جاتا تھا۔ ایک دن جب میں کلاس روم میں داخل ہوا، ہیڈ ماسٹر صاحب نے مجھے اپنے پاس بلایا اور زہر خند کے ساتھ کہا، "لڑکو، ذرا اس کے کپڑوں کی طرف دیکھو!" میں خاموش رہا۔ پھر انہوں نے مجھ سے پوچھا، "بدمعاش، تمہارے باپ نے بھی کبھی یہ کپڑے پہنے ہیں؟"

"نہیں۔" میں نے جواب دیا۔

ایک دن میں کلاس میں گھنٹا بجنے کے تین منٹ بعد پہنچا۔ ہیڈ ماسٹر صاحب برآمدے میں بید لیے ہوئے کھڑے تھے۔ انہوں نے مجھ سے لیٹ ہونے کی وجہ پوچھی تو میں نے بتا دیا کہ میں آشرم چلا گیا تھا۔

"تم وہاں کیوں گئے؟" یہ کہتے ہوئے انہوں نے میری ہتھیلی پر بید مارے۔ "اب دوبارہ وہاں مت جانا، سمجھ گیا؟ بدمعاش کہیں کا!" پیٹھ پر ایک بید اور پڑا۔

مگر میں آشرم پھر گیا۔

مجھے یاد ہے۔ ان دنوں میرے پاس کھادی کی ایک قمیص اور کھادی ہی کی ایک دھوتی تھی۔ بس ایک قمیص اور ایک دھوتی۔ کھادی اس زمانے میں احتجاج کی علامت تھی۔ میں نے قسم کھائی تھی کہ باہر کے کپڑے نہیں پہنوں گا۔ میں کہتا تھا کہ مرنے کے بعد میرا کفن کھادی ہی کا ہونا چاہیے۔ میری ماں پوچھتی تھی، "یہ موٹا اور کھردرا کپڑا کہاں سے ملا ہے؟ اس سے تو کھال چھل جاتی ہوگی۔" ان کا خیال تھا کہ کھادی کی رگڑ سے کھال زخمی ہو جاتی ہے۔

میں جواب میں انہیں بتاتا کہ "یہ کپڑا ہندوستان میں بنا ہے۔" گاندھی جی، علی برادران، سیلف گورنمنٹ، انگریزی راج، برطانوی تسلط۔۔۔ اس زمانے میں ہماری گفتگو کے یہی موضوع تھے۔ ہمارے قصبے میں اس وقت صرف دو نوجوان ایسے تھے جن سے

وہاں کے بزرگ بات کر کے انگلستان اور چین کے بارے میں اپنے شکوک وشبہات کو دور کر سکتے تھے۔ ان میں ایک تھے مسٹر کے۔ آر۔ نارائنن۔ کبھی نہ تھکنے والے مسٹر کے آر نارائنن بہت سے اخباروں کے نامہ نگار خصوصی تھے۔ دوسرا میں تھا اور میرا جہاں تک تعلق تھا میں نے کسی کے کسی سوال کے جواب میں شاید ہی کبھی کہا ہو کہ میں نہیں جانتا۔ مگر ایک سوال کے آگے میں لاجواب ہو گیا۔ ماں نے پوچھا، "اچھا یہ بتاؤ کہ یہ تمہارا کانتھی (گاندھی) ہمارے پیٹ کی بھوک کو ختم کر دے گا؟" بھوک ایک بہت بڑا مسئلہ تھی۔ سارے ملک پر اس کا اثر تھا۔ مجھے اس کے بارے میں معلوم بھی کچھ نہیں تھا، مگر میں نے کہا، "جب ہمارا ہندوستان آزاد ہو جائے گا تو ہماری بھوک اور ہمارا افلاس سب ختم ہو جائے گا۔"

یہ ۱۹۳۰ کا سال تھا۔ میرا خیال ہے کہ یہی سال تھا جب گاندھی جی نے سابر متی آشرم سے اپنا مشہور گیارہ نکاتی خط وائسرے لارڈ اِرون کو بھیجا تھا اور مجھے جہاں تک یاد پڑتا ہے یہ رینالڈ نام کا ایک نوجوان انگریز تھا جو یہ خط لے کر گیا تھا۔ مگر خط کا کوئی اطمینان بخش جواب نہیں ملا۔ خط میں لکھنے کے مطابق گاندھی جی نے اپنا ستیہ گرہ کا پروگرام شروع کر دیا۔ نمک پر عائد قوانین کو توڑنے کے لیے گاندھی جی اپنے ستر ساتھیوں کے ساتھ ڈانڈی کے قریب سمندر کے کنارے کی طرف چل پڑے۔ انگریز حکومت نے نمک جیسی چیز پر، جو کروڑوں غریب لوگوں کے استعمال کی چیز تھی، ٹیکس لگا دیا تھا۔ سارے ملک کو ہلا کر رکھ دینے والی اس ڈانڈی مارچ کو شروع کرنے سے پہلے گاندھی جی نے اعلان کیا، "یا تو میں اپنے مطالبات کو منوا کر آشرم آؤں گا یا پھر لوگوں کو میری لاش بحر ہند میں تیرتی ہوئی ملے گی۔"

"گاندھی جی اپنی جان دے دیں گے؟" یہ سوال تھا جو ہمالیہ سے کنیا کماری تک فضا

میں چھایا ہوا تھا اور سارے ملک میں زبردست ہلچل مچی ہوئی تھی۔ برطانوی حکومت نے نہتے ہندوستانیوں کی مخالفت میں اپنی ساری قوت کو استعمال کیا۔ فوج، پولیس اور جیل خانے۔۔۔ حکومت تھی بھی یہی۔ گاندھی جی اوران کے ساتھ ڈانڈی کے قریب ساحل پر گرفتار کرلیے گئے۔

ملک کے دوسرے حصوں کی طرح کیرالا میں بھی غم وغصہ تھا۔ کالی کٹ میں سمندر کے کنارے جن لوگوں نے نمک قانون کو توڑا تھا، انہیں پولیس سپرنٹنڈنٹ کے حکم سے بڑی بے رحمانہ اذیتیں دی گئیں۔ انہیں جوتوں سے ٹھوکریں ماری گئیں اور لاٹھیوں سے زدوکوب کیا گیا اور یہ سب کارروائی ہندوستانی فوجیوں اور ہندوستانی پولیس کے ہاتھوں ہوئی۔

کیلپن، محمد عبدالرحیم اور دوسرے لیڈر گرفتار کرلیے گئے۔ مزید بہت سے لوگوں نے قانون توڑا اور مزید گرفتاریاں ہوئیں اور پولیس کی طرف سے مزید تشدد ہوا۔ سب سے زیادہ روح فرساوہ سلوک تھا جو کالی کٹ کے ساحل پر کیرالا کے مستقبل کے شہریوں یعنی کم سن طالب علموں کے ساتھ ہوا۔ انہیں مار مار کر زمین پر لٹا دیا گیا۔ سیکڑوں طالب علم پھٹے سروں اور ٹوٹے ہاتھ پیروں کے ساتھ لہولہان کالی لٹ کے ساحل پر پڑے ہوئے تھے۔ یہ بیان ہے ایک لیڈر کا جو اخبار "ماتر بھومی" میں شائع ہوا تھا۔

اپنی مادر وطن کی خاطر اپنے فرائض کی ادائیگی کے لیے کالی کٹ کے ساحل پر جمع ہونے والے بیچارے طالب علموں کے ساتھ پولیس کو اس بے دردی کا سلوک کرنا چاہیے؟ یہ بچے ہی تو تھے، نہتے اور معصوم۔ ان کے ہاتھ پاؤں ان پولیس والوں نے توڑے جو ملیالی ماؤں کی کوکھ سے پیدا ہونے کا دعویٰ کرتے ہیں۔ جب یہ دیکھتا ہوں کہ شہر کے نام نہاد دولت مند اور نام نہاد حیثیت والے لوگ ان واقعات کے بارے میں مہربلب

ہیں تو پھر سیدھے سادے پولیس والوں کو دوش کیوں دوں جو آنکھ بند کر کے اپنے افسروں کے احکامات بجالاتے ہیں؟

وہ زمانہ تھا جب صاحب حیثیت لوگوں نے خاموشی اختیار کی مگر عام آدمی خاموش نہیں تھا۔ مردوں اور عورتوں نے اعلانیہ نافرمانی کے گیت گائے اور احتجاجی جلوس نکالے۔

میں بھی گیا، اگرچہ میں نے کسی سے کچھ کہا نہیں تھا۔ میں نے اپنی تعلیم کو خیر باد کہا اور اپنے ایک ساتھی باؤو کے ساتھ کالی کٹ گیا۔ باؤو نے اپنے گھر سے سونے کا ایک زیور لے لیا تھا۔ ہم نے اسے ویکوم میں فروخت کیا۔ اس شام میری ماں باورچی خانے میں کھانا پکا رہی تھی۔ ماں کو کچھ معلوم نہیں تھا۔ میں نے رخصت ہونے کی ایک علامت کے طور پر ماں سے ایک گلاس پانی مانگا۔ گلاس اس کے ہاتھ سے لے کر میں نے پانی پی لیا، ایک نظر ماں پر ڈالی اور گھر سے باہر نکل گیا۔

ہمیں اندیشہ تھا کہ کوئی نہ کوئی ہمارا پیچھا کر سکتا ہے۔ ہم ارناکولم پر اتر کر ایداپلی ریلوے اسٹیشن تک پیدل گئے۔ اندھیرا ہو چکا تھا۔ سورج ڈوبے کافی دیر ہو چکی تھی۔ ٹرین لیٹ تھی اور اس کے آنے میں ابھی دیر تھی۔ اسی وقت پولیس والے آگئے۔ ہم خوف سے کانپ رہے تھے۔ پولیس والوں نے ایک ایک آدمی کو بلایا اور اس سے سوال کرنا شروع کیا۔ ہم نے ایسا ظاہر کرنے کی کوشش کی کہ جیسے ہم سو رہے ہیں۔ ان میں سے ایک پولیس والے نے اپنی لاٹھی میرے پیٹ میں کونچی اور مجھے آواز دی۔ پھر اپنی ٹارچ کی روشنی میرے منھ پر ڈالتے ہوئے اس نے سوال کیا، "بدمعاش، تو کہاں جارہا ہے؟"

میں کیا جواب دوں؟ یہ بتاتے ہوئے مجھے ڈر لگ رہا تھا کہ کانگریس میں شریک ہونے کے لیے کالی کٹ جارہا ہوں۔ میں نے جھوٹ بولا، "میں شورانور جارہا ہوں۔"

"کیوں؟"

ایک اور جھوٹ۔ "میرے چاچا کی وہاں چائے کی دکان ہے۔"

شکر ہے کہ اس نے مزید کوئی سوال نہیں کیا۔ یہ پولیس والے کسی چور کو تلاش کر رہے تھے۔ ہم نے شور انور کے ٹکٹ خریدے، وہاں اسٹیشن پر اتر کر پٹاجی تک پیدل گئے۔ پٹاجی سے ہم نے کالی کٹ کے لیے پھر ٹرین پکڑی۔ ہم نے "الامین لاج" میں قیام کیا۔ وہاں پہنچ کر سب سے پہلا کام میں نے یہ کیا کہ ایک شخص کو جو میرے گاؤں کے قریب ہی کا رہنے والا تھا، خط لکھا۔ اس کا نام سید محمد تھا جو اس وقت بلاری جیل میں تھا۔ میں نے اسے لکھا کہ میں نے اپنے آپ کو اپنی مادر وطن وطن کی خدمت کے لیے وقف کر دینے کا فیصلہ کیا ہے۔ میں غلامی کی ان زنجیروں کو کاٹنے میں اپنی ساری توانائی لگا دوں گا جنہوں نے اسے جکڑ رکھا ہے۔ میں گرفتاری کے لیے جلد ہی اپنے آپ کو پیش کر دوں گا۔

سید محمد نے فوراً جواب دیا، "میری حراست کے کے اب چند دن ہی رہ گئے ہیں۔ اس مدت کے بعد مجھے رہائی مل جائے گی۔ تم مجھ سے ملنے اور بات کرنے کے بعد ہی کانگریس میں شریک ہونا۔" سید اس وقت اخبار "الامین" کا جوائنٹ ایڈیٹر اور ایک اہم لیڈر تھا۔ پولیس سپرنٹنڈنٹ امور کے ہاتھوں سید محمد اور بعض دوسرے لوگوں کی بڑی پٹائی ہوئی تھی۔ اس کی رہائی تک انتظار کرنے کا مجھے یارا نہیں تھا۔ ہندوستان دوسرے دن آزاد ہونے والا تھا، آزاد ہونے کی اس کی لڑائی میں میرا حصہ بھی ہونا چاہیے۔ بہت سے ان لوگوں نے جن کا تعلق میرے مذہب سے تھا، آزادی کی جدوجہد میں شرکت نہیں کی تھی۔ اس عدم توازن اور اس کمی کو مجھے دور کرنا تھا، پورا کرنا تھا۔

مگر میرا ساتھی کانگریس میں شامل نہیں ہونا چاہتا تھا۔ اس نے مجھے بھی اس کام سے

باز رکھنے کی بہت کوشش کی۔ اس کا باپ ہم لوگوں سے ملنے آیا تھا۔ اس کے لڑکے کو گھر سے بھاگنے پر اکسانے کے لیے مجھے بہت برا بھلا کہا۔ مجھے پتا چلا کہ ہمارے آنے کے بعد گھر پر بڑا ہنگامہ ہوا۔ مجھے بڑی مایوسی ہوئی۔ یہ میں تھا جو اس کے لڑکے کے ساتھ گھر سے بھاگا تھا مگر میری بات کون مانے گا۔ عمر میں بڑا تو میں تھا۔ میری کیفیت بڑی قابل رحم تھی۔ ان ہی دنوں میرے والد بھی آ گئے۔ میں نے ایک بار پھر جھوٹ بولا، "میں کانگریس میں شامل نہیں ہو رہا ہوں اور نہ ہی اسکول واپس جا رہا ہوں۔ میں اب نوکری کی تلاش میں ہوں۔ مجھے امید ہے کہ یہ نوکری مجھے جلد ہی مل جائے گی۔"

میں نے کسی نہ کسی طرح ان کو اطمینان دلا کر واپس بھیج دیا۔ ان کے رخصت ہوتے ہی میں سیدھا کانگریس کے دفتر پہنچا۔ یہاں بھی مجھے ایک بار مایوسی کا منہ دیکھنا تھا۔ وہاں لوگوں نے مجھے سی آئی ڈی کا زر خرید سمجھا۔ ان کے شکوک کو میری ڈائری سے مزید تقویت ملی۔ میں نے اس میں سے بہت سی مختلف زبانوں میں بہت سی باتیں لکھ رکھی تھیں۔ انگریزی و ملیالم، تامل، ہندی اور عربی-باتھ روم جاتے وقت میں نے اسے وہیں ایک بنچ پر چھوڑ دیا تھا۔ باتھ روم سے واپسی پر میں نے دیکھا کہ سکریٹری صاحب میری ڈائری ہاتھ میں لیے ہوئے پڑھ رہے ہیں۔ وہ اس میں لکھی ہوئی تحریروں کو بہت سمجھ نہیں سکے مگر انہیں مجھ پر شبہ کرنے کی کوئی وجہ ضرور مل گئی۔

میں نے انہیں سید محمد کا خط دکھایا مگر اس کے بعد بھی ان کے شبہات دور نہیں ہوئے۔ انہوں نے میری ظاہری وضع قطع اور طور طریقوں سے مجھے بھانپنے کی کوشش کی۔ دفتر کی دیواروں پر قومی لیڈروں کی تصویریں لگی ہوئی تھیں۔ میں نے باریک مونچھوں اور خاموش وقار رکھنے والے ایک شخص کی تصویر دیکھی۔ اس کے سر پر ترچھی فلیٹ ہیٹ تھی اور اس نے چوڑے کالروں کی سفید قمیص پہن رکھی تھی۔ بدیسی کپڑے

میں ملبوس شخص کے لیے میرے دل میں کچھ نفرت کے جذبات پیدا ہوئے اور میں نے پوچھ ہی لیا کہ "یہ کون ہے؟"

سکریٹری نے جواب دیا، "بھگت سنگھ۔۔۔"

یہ سن کر جیسے میرے دل کی حرکت رک گئی۔ عظیم مہم جو، منچلا بھگت سنگھ! پنجاب سازش کیس میں ملوث تین انقلابیوں کے بارے میں میں نے اخباروں میں پڑھ رکھا تھا۔۔۔ بھگت سنگھ، راج گرو اور سکھ دیو۔ میں نے اسمبلی پر بم پھینکنے اور وائسرے کی ٹرین کو اڑانے کی ان کی کوششوں کے بارے میں بھی سن رکھا تھا۔ سکریٹری نے کہا، "تمہارے چہرہ مہرہ بھگت سنگھ سے ملتا جلتا ہے۔ تمہاری مونچھیں اس جیسی ہیں اور تمہاری قمیص کا کالر بھی ویسا ہی ہے۔ صرف ایک فلیٹ ہیٹ کی کمی ہے۔"

میں نے کوئی جواب نہیں دیا۔ ویسے میں بھگت سنگھ اور اپنے خدوخال کی مماثلت کے بارے میں سوچ ضرور رہا تھا۔ سکریٹری نے مجھ سے دوبارہ پوچھا، "کیا تم واقعی مسلمان ہو؟"

"آپ کو شبہ کیوں ہے؟" میں نے کہا۔ پھر میں نے اپنی زندگی کے حالات انہیں بتائے۔ بالآخر انہوں نے مجھ سے پوچھا، "کیا تم کل سمندر کے کنارے جانے اور نمک بنانے کے لیے تیار ہو؟"

"تیار ہوں۔" میں نے اپنی رضامندی کا اظہار کیا۔

دوسرے دن ہم لوگ علی الصباح اٹھ گئے۔ ہم لوگ مٹی کی ہنڈیوں، جھنڈوں اور دوسری ضروری چیزوں کو جمع ہی کر رہے تھے کہ ہمیں زینے پر بھاری بھرکم جوتوں کی دھپ دھپ کی آواز سنائی دی۔ ایک انسپکٹر کو چھ سات سپاہیوں کے ساتھ آتے ہوئے دیکھ کر ہمیں حیرت ہوئی۔ ہم لوگ گیارہ تھے، ہم سب گرفتار کر لیے گئے۔

وہ اتوار کا دن تھا اور صبح کا وقت۔ ہم میں سے کسی نے بھی کچھ کھایا نہیں تھا۔ نہ سونے کی وجہ سے مجھے نقاہت بھی محسوس ہو رہی تھی۔ ہمارے پیچھے پیچھے لوگوں کی ایک بھیڑ چل رہی تھی۔ پولیس اسٹیشن پہنچنے پر میری ساری ہمت جیسے ہوا ہو گئی۔ کسی ایسی جگہ آنے کا یہ میرا پہلا موقع تھا۔ دیوار پر تلواریں، سنگینیں اور ہتھکڑیاں لٹکی ہوئی گویا مجھے تک رہی تھیں۔ چمکتے ہتھیاروں اور سپاہیوں کے بھیانک چہروں نے مجھے سہما دیا تھا۔ اس جگہ کو دیکھ کر مجھے اپنی تخیلی دوزخ کا خیال آتا تھا۔

ہمیں بر آمدے میں ایک لائن میں کھڑا کر دیا گیا۔ چھوٹی چھوٹی بھوری آنکھوں والا انسپکٹر اندر چلا گیا۔ ایک تگڑا سا سپاہی ہمارے سامنے ادھر سے ادھر اور ادھر سے ادھر گشت لگا تا رہا۔ اس کی خونخوار سرخ سرخ آنکھیں باری باری ہم میں سے ہر ایک کو گھورتی رہیں۔ اس پولیس والے کا نمبر ۲۰۷ تھا۔ اس نے ہمارے رضاکار کپتان کو گردن سے دبوچا اور اسے ایک کمرے کے اندر دھکیل دیا۔ ہم نے گھونسوں اور لاتوں کی آوازیں سنیں، ساتھ ہی ہمیں چیخوں کی آوازیں سنائی دیں۔ میں کانپ گیا۔ میں لائن میں چوتھے نمبر پر تھا۔ دس منٹ بعد دوسرے رضاکار کی باری آئی اور اسے لے جایا گیا۔

میں اس کی دل خراش چیخیں سن کر لرز گیا۔ میں نے فیصلہ کیا کہ میں معافی کی درخواست کروں گا۔ مگر میرا یہ فیصلہ لمحاتی تھا، کیونکہ فوراً ہی میں نے اپنے آپ سے پوچھا، معافی کیوں؟ میں نے کوئی غلط کام نہیں کیا ہے۔ کتنے ہی مردوں اور کتنی عورتوں نے اپنے ملک کی آزادی کی خاطر موت کا سامنا کیا ہے۔ مجھے بھگت سنگھ اور اس کے ساتھیوں کا خیال آیا۔ مجھے اپنی جان دینی چاہیے۔ یہ میرا فرض ہے۔

سپاہی نمبر ۲۰۷ ہم میں سے ہر ایک سے پوچھ رہا تھا کہ وہ کہاں کا رہنے والا ہے، کہاں سے آیا ہے؟ دوسروں نے جواب دیا، کنور، تیلی چری، پونانی۔ اس نے مجھ سے بھی یہی

سوال کیا، "اور تم؟"

"ویکوم۔" میں نے جواب دیا۔

"ویکوم؟" اس نے مجھے حیرت سے دیکھا، "نام؟"

میں نے اپنا نام بتایا۔ ۲۰۷ نے اپنا سر اٹھایا اور پھر پوچھا، "کیا ٹراونکور میں سیلف گورنمنٹ ہے؟"

میں نے جواب دیا، "نہیں۔ گاندھی جی نے کہا ہے کہ ہندوستانی ریاستوں میں کسی تحریک، کسی جدوجہد کی ضرورت نہیں ہے۔"

"ہوں!" وہ خوفناک انداز میں غرایا۔ سڑ سڑ۔۔۔ دو زوردار لپٹر میری گدی پر پڑے۔ پھر اس نے مجھے کندھوں سے پکڑا اور میرے سر کو زمین کی طرف جھکا دیا۔ اس نے مجھے مارنا شروع کیا۔ آوازیں ایسی آرہی تھیں جیسے تانبے کے کسی برتن کو ٹھونکا پیٹا جا رہا ہو۔ میں نے سترہ تک یا ستائیس تک تو گنا، اس کے بعد بعد گننا چھوڑ دیا۔ گنتی کیوں کی جائے؟

مجھے بڑی بری طرح مارا گیا۔ بعد کو دو پولیس والوں کی مدد سے مجھے اندر لے جایا گیا۔ میری حالت کو دیکھ کر انسپکٹر نے پوچھا، "ہاں؟"

ایک سپاہی بولا "نمبیار نے وہاں نہیں مارا۔" انسپکٹر کچھ جھنجھلا اٹھا، "ہوں۔"

ایک دوسرے سپاہی نے میری قمیص اور دوسرے کپڑے اتارے، میری لمبائی چوڑائی اور میرے شناختی نشانات کا اعلان کیا۔

آخر میں ہم گیارہ کے گیارہ لوگ حوالات میں بند کر دیے گئے۔

یہ پختہ بنا ہوا چھوٹا سا کمرہ تھا۔ ایک کونے میں پیشاب سے بھرا ایک برتن رکھا ہوا تھا۔ سارے کمرے میں پیشاب کی تیز بو بھری ہوئی تھی۔ اس دن ہمیں کھانے کو کچھ

نہیں ملا۔ رات بہت سرد تھی۔ لیٹنے کے لیے کوئی دری یا کوئی چٹائی بھی نہیں تھی۔ اگلے دن صبح کو ہم سب کے چہرے سوجے ہوئے تھے۔ دو قدم چلنا بھی ہمارے لیے مشکل تھا۔

ہمارے ہاتھ ہتھکڑیوں میں جکڑے ہوئے تھے اور ہمیں سنگین لیے ہوئے سپاہیوں کی حفاظت میں اسی حالت میں بازاروں سے گذار کر کورٹ لے جایا گیا۔ ہمیں چودہ دن کے لیے حراست میں رکھے جانے کے لیے کالی کٹ سب جیل بھیج دیا گیا۔ وہاں بعد کو میرے ساتھیوں نے بتایا کہ ۲۰۷ جب مجھے گھونسے مارتے مارتے تھک گیا تو اس نے اپنی کہنیوں کو استعمال کرنا شروع کر دیا تھا۔ ایک رضاکار نے تیل سے میرے جسم کی مالش کی۔ اس نے مجھے بتایا کہ میرے سارے جسم پر نو جگہوں پر روپے کے سکے کے برابر دائرے میں خون جم گیا ہے اور ان جگہوں پر تیل کا کوئی اثر نہیں ہوتا ہے۔

مجھے نو مہینے کی قید بامشقت کی سزا ملی۔ مجھے کنور سنٹرل جیل لے جایا گیا۔ وہاں چھ سو سپاہی قیدی تھے، جن میں ٹی پر کاشم اور باٹلی والا بھی تھے۔ جیل میں کھانا بہت خراب تھا۔ چاول کی لپسی میں تیرتے ہوئے کیڑے نظر آتے تھے۔ ہم کھانے سے پہلے انہیں چن چن کر نکالتے تھے۔ باہری کی خبریں ہمیں صرف اس وقت ملتی تھیں جب کوئی نیا قیدی آتا تھا۔ جب ہم نے یہ سنا کہ بھگت سنگھ اور ان کے ساتھیوں کو پھانسی دے دی گئی ہے تو ہم نے تین دن تک بھوک ہڑتال کی۔

جیل میں ہندستان کے ہر حصے سے آئے ہوئے قیدی تھے۔ ان میں مختلف نظریات رکھنے والے لوگ تھے۔ انقلابی تھے، نراجی تھے، سوشلسٹ اور کمیونسٹ تھے۔ مگر ان سب کے سامنے ایک مشترک مقصد تھا۔۔۔ ہندوستان کی آزادی۔ گاندھی ارون معاہدے کے نتیجے میں ہم لوگ چند ماہ بعد رہا کر دیے گئے۔ جیل سے باہر آنے کے بعد مجھے یہ نہیں معلوم تھا کہ اب کہاں جاؤں۔ میری طرح کے اور بھی والنٹیئر تھے۔ ہم میں

سے اکثر کے پاس ریلوے کے پاس بھی نہیں تھے۔

میری دو خواہشیں تھیں۔ ایک تو ایک شال کی۔ مسٹر اچو تھامینن نے مجھے انگوری بارڈر والی کھادی کی ایک شال خرید کر دے دی۔ مگر میری پہلی خواہش تو ۲۰۷ کو جان سے مارنے کی تھی۔ مگر میرے پاس کوئی ہتھیار تو تھا نہیں۔ کاش مجھے ایک ریوالور مل جاتا۔ ریوالور حاصل کرنے کی خواہش میرے دل ہی میں رہی۔ میں نے اسے پلابم کے چوراہے پر ٹریفک ڈیوٹی پر دیکھا۔ چھ فٹ لمبا ایک بھوت۔ اگر میں اسے اپنے ننگے ہاتھوں سے ماروں تو اسے تو محسوس بھی نہ ہو گا۔ مجھے اس کے سینے میں چاقو بھونک دینا چاہیے۔ میں نے الامین لاج سے ایک چھوٹا سا چاقو چرایا۔ میں اسے لے کر چلا ہی تھا کہ میری نظر مسٹر اچو تھامینن پر پڑی۔ مجھے دیکھ کر انہیں حیرت ہوئی۔

"تم ابھی تک گئے نہیں؟"

"نہیں۔" میں نے جواب دیا۔

"تم گھر جا کر اپنے ماں باپ سے ملنا نہیں چاہتے ہو؟"

"مجھے گھر جانے سے پہلے کچھ کام ہے۔" میں نے کہا۔ میں نے انہیں ساری بات بتا دی۔ وہ باتیں کرتے ہوئے مجھے منچیرا تالاب پر لے گئے اور بڑی نرمی سے مجھ سے پوچھا، "کیا تم ستیہ گرہی ہو؟" انہوں نے مجھے گاندھی جی کا قصہ سنایا کہ کس طرح گاندھی جی نے اپنے سامنے والے دو دانت کھوئے تھے۔ "اور پھر اگر تم مارنا چاہتے ہو تو یہ نہ بھولو کہ ایک بھی پولیس والا ایسا نہیں ہے جو زندہ رہنے کے لائق ہو۔ پولیس میں حکومت کا ایک ایسا حصہ ہے جسے اس سے الگ نہیں کیا جا سکتا۔ یہ بے چارے تو محض آلہ کار ہیں۔ ان کو الزام دینے سے کیا حاصل؟ صبر کرو اور جا کر اپنی ماں اور اپنے والد سے ملو۔"

مسٹر اچو تھامینن نے مجھے ٹرین پر بٹھا دیا۔ ارناکلم میں ایک مہینے تک مسلم ہوسٹل

میں رہا۔ مایوسی، تاسف اور بے دلی نے مجھے گھیر رکھا تھا۔ آخر کار ایک رات میں ویکوم پہنچ گیا۔ وہاں سے میں پیدل تھلایولا پرامبو گیا۔ یہ نصف شب کے بعد تقریباً تین بجے صبح کا وقت تھا۔ گھر پر جب احاطے میں داخل ہوا تو ماں نے کہا، "کون ہے؟" میں برآمدے میں داخل ہو گیا۔ ماں نے لالٹین جلائی اور یوں سوال کیا جیسے کچھ ہوا ہی نہ ہو، "بیٹے تم نے کچھ کھایا ہے؟"

میں نے کوئی جواب نہیں دیا۔ میں بے انتہا تھکا ہوا تھا اور بالکل پست ہو چکا تھا۔ سانس لینا بھی دشوار معلوم ہوتا تھا۔ ساری دنیا محو خواب تھی، صرف میری ماں جاگ رہی تھی۔ ماں جلدی سے جاکر میرے لیے ایک لوٹے میں پانی لائی اور بولی، "بیٹے تم ہاتھ پیر دھولو۔" اس کے بعد اس نے میرے سامنے ایک پلیٹ میں چاول رکھ دیے۔

اس نے مجھ سے کچھ کہا نہیں۔

مجھے حیرانی تھی۔ "ماں تمہیں کیسے معلوم تھا کہ میں آج آرہا ہوں؟"

ماں نے جواب دیا، "ارے۔۔۔ میں روز چاول پکاتی ہوں اور ہر رات تیرا انتظار کرتی ہوں۔"

یہ ایک سیدھا سادا معصوم سا بیان تھا۔ ہر رات میں نہیں آیا مگر ماں میرے انتظار میں جاگتی رہی۔

تیس سال گذر چکے ہیں۔ بہت کچھ ہوا ہے۔

مگر مائیں ابھی تک اپنے بیٹوں کا انتظار کرتی ہیں۔

"بیٹے میں تمہیں بس دیکھنا چاہتی ہوں۔"

***

سیکنڈ ہینڈ

غصہ میں بھری ہوئی، بال بکھرائے شاردا، آج تانڈو ناچ کے موڈ میں تھی۔

"تم تو جانتی ہو نا شاردے۔۔۔ آج مجھے کتنا ضروری کام ہے! کل اخبار نکلنے کا دن ہے نا۔۔۔! تو بھئی اگر کھانا تیار ہو تب مجھے جلدی سے دے دو۔۔۔" نامہ نگار گوپی ناتھ نے بڑی نرمی سے کہا۔"

"کھانا۔۔۔؟" شاردا نے تیز آواز میں کہا۔

"میں بہت بیزار ہو چکی ہوں کھانا بنانے سے۔ میرا دل آج بالکل نہیں چاہتا کہ کچھ پکاؤں۔ جی چاہے تو خود ہی کچھ بنا کر کھالو۔"

شاردا کو گوپی ناتھ سے کبھی بھی محبت نہیں تھی۔ اس نے شادی سے پہلے بھی کہہ دیا تھا کہ میرے دل میں محبت ہی نہیں ہے۔ اس لیے میں کسی سے محبت نہیں کر سکتی۔

گوپی ناتھ نے شاردا سے آج تک کچھ نہیں کہا۔ کبھی کسی پیار بھرے رومانی نام کے ساتھ اسے چوما تک نہیں۔

گوپی ناتھ نے کہا۔

"میں یہ فضول باتیں بہت دن سے سن رہا ہوں۔ میں نے تمہاری مرضی کے خلاف تو کچھ نہیں کیا نا۔۔۔؟"

"تم نے مجھ سے شادی کیوں کی۔۔۔؟" اس نے بڑے غرور سے چھاتی تان

کر پوچھا۔۔۔

گوپی ناتھ ایک دم چونک پڑا۔

"تم نے شادی کیوں کی تھی۔۔۔؟" گوپی ناتھ نے پوچھا۔

"یہ سب پوچھنے سے اب کیا فائدہ۔۔۔؟" شاردا کی نظر کھڑکی سے گلی میں بھٹک گئی۔

تیز ہوا سے مینہ کی بوندیں کمرے میں آنے لگیں۔

"دیکھتے نہیں پانی اندر آرہا ہے۔ تمہارے بھیگنے سے تو کچھ نہیں ہو گا، لیکن کمرہ بند ہوا جارہا ہے۔" شاردا نے کہا۔

گوپی ناتھ نے کھڑکی بند کی۔ وہ شاردا کے پاس آ گیا۔

شاردا کی آنکھوں سے بہتے ہوئے آنسوؤں میں بجلی کا عکس جھلملا رہا تھا۔ "مر جاتی تو اچھا ہوتا۔" اس نے سینہ کوٹتے ہوئے کہا۔

گوپی ناتھ نے شاردا کے ہاتھ پکڑ لیے۔

"مجھے مت چھوؤ۔۔۔ میں تو ایک گندی چیز ہوں نا؟" اس نے چلا کر کہا۔

گوپی ناتھ نے اس کا منھ بند کرنے کی کوشش کی۔

"میں مر جاؤں گی۔۔۔" شاردا نے اپنا ہاتھ چھڑایا اور دیوار سے اپنا سر ٹکرانے لگی۔ غصے کے مارے خود ہی اپنی ساڑی پھاڑ ڈالی۔

"مجھے ایسی نفرت انگیز زندگی کیوں ملی۔۔۔؟" بے دلی سے اپنے ہاتھوں کے کنگن توڑ کر اس نے پھینک دیے اور دوسرے کمرے میں جا کر پلنگ پر گر پڑی۔۔۔ زور زور سے سسکیاں لینے لگی۔

گوپی ناتھ فکر مند ہو کر کرسی پر بیٹھ گیا۔۔۔ وہ بار بار سوچ رہا تھا کہ اس نے شاردا

سے کچھ بھی تو نہیں کہا، پھر بھی وہ ناراض ہی رہتی ہے۔ عورت ذات بھی عجیب و غریب ہستی ہوتی ہے۔

گوپی ناتھ کے دل میں زندگی سے نفرت کرنے کا خیال شروع ہی ہوا تھا کہ شاردا سے اس کی ملاقات ہو گئی۔ اس زمانے میں اس کی حالت ایسی تھی جیسے تپتے ریگستان میں بھٹکنے والے کسی راہی کی ہوتی ہے۔

وہ عورت کو ٹھنڈے پانی سے بھرا ہوا تالاب سمجھتا تھا۔ کوئی عورت نظر آجاتی تو جیسے اس کی روح کو سکون مل جاتا تھا۔ جی چاہتا تھا کہ کسی کی محبت بھری چھاتی سے لپٹ کر میٹھی میٹھی باتیں کرے۔۔۔ مگر کس سے؟

ان ہی دنوں میں ایک عجیب و غریب ڈھنگ سے شاردا اس کی زندگی میں داخل ہو گئی۔۔۔ وہ بھی بھری برسات کی رات بھی۔۔۔ اخبار کے آفس سے گوپی ناتھ گھر آیا تو دیکھا کہ کوئی دروازے پر کھڑا ہے۔ جب وہ قریب آیا تو دیکھا کہ وہ ایک عورت ہے۔ اس وقت تک گوپی ناتھ شاردا کو نہیں جانتا تھا۔

پہلے تو شاردا نے گوپی ناتھ کے سوالوں کا کوئی جواب نہیں دیا۔

برسات کی ٹھنڈی ہوا میں کانپتی ہوئی اس عورت سے گوپی ناتھ نے کہا کہ وہ اندر آ جائے۔

مگر اس نے گوپی ناتھ کی بات ان سنی کر دی اور خاموش کھڑی رہی۔

"تمہارا باہر کھڑا رہنا اچھا نہیں ہے۔ اندر آ کر بیٹھو نا۔"

گوپی ناتھ نے کہا۔

وہ دروازے کی طرف آئی۔ اس کے ہاتھ میں ایک اٹیچی تھی۔ اس کی آنکھیں سرخ ہو رہی تھیں اور گالوں پر اب بھی آنسوؤں کی نمی تھی۔

وہ چوڑے کنارے کی سفید ساری اور کالا بلاؤز پہنے تھی۔ اندر آ کر وہ گوپی ناتھ کی طرف یوں دیکھنے لگی جیسے کوئی گائے شیر کی طرف دیکھتی ہے۔

گوپی ناتھ نے اسے اطمینان دلاتے ہوئے کہا۔

"ڈرو مت اندر آ کر بیٹھو۔"

جب وہ اندر آ گئی تو گوپی ناتھ نے دروازہ بند کر لیا۔

"تمہیں کہاں جانا ہے۔۔۔؟"

"۔۔۔"

"دوسرے کمرے میں جا کر گیلے کپڑے بدل لو۔ میں یہاں اکیلا رہتا تھا۔ مجھ سے بالکل مت ڈرنا۔۔۔ میں تمہارا بھائی ہوں۔۔۔ باپ ہوں۔۔۔ اور۔۔۔" آگے بات کہتے کہتے وہ رک گیا۔

اس نے کہا میرے پاس بدلنے کے لیے کپڑے نہیں ہیں۔

دنیا کی جھنکار جیسی مدھر آواز سن کر گوپی ناتھ پگھل گیا۔

اس نے اپنے بکس میں سے دھلے کپڑے نکال کر دیے۔

وہ دوسرے کمرے میں جا کر کپڑے بدل آئی۔

"تم نے کھانا وانا بھی کھایا ہے یا نہیں۔۔۔؟" گوپی ناتھ نے پوچھا۔

"مجھے کچھ نہیں چاہئے۔" آہستہ سے کہا۔

"لیکن تم میری مہمان ہو۔۔۔ اس لیے ایک کپ چائے تو پینا ہی پڑے گی۔"

یہ کہتے ہوئے گوپی ناتھ مسکرانے لگا۔

وہ چپ چاپ بیٹھی رہی۔

گوپی ناتھ نے اپنا تعارف خود ہی کروا دیا۔۔۔ "میرا نام گوپی ناتھ ہے۔ ایک معمولی

سے اخبار کا ایڈیٹر ہوں اور تمہارا نام کیا ہے۔۔۔؟"

"شاردا" وہ مترنم آواز میں بولی۔

گوپی ناتھ چائے بنانے کے لیے دوسرے کمرے میں چلا گیا۔

دونوں کھڑکیوں پر ساڑی، بلاؤز، بریسریر اور اسکرٹ سوکھ رہے تھے۔

گوپی ناتھ کے ہاں پہلی بار عورت کی خوشبو پھیل رہی تھی۔ اس کے دل سے، خوشبو کی لہر سی اٹھی۔۔۔ وہ اپنے آپ کو روک نہ سکا۔ چھپ کر اس نے ساڑی کو چوم لیا اور پھر بریسریر کو بھی۔۔۔

پھر اسٹو جلا کر چائے بنائی اور دو گلاسوں میں لے کر شاردا کے پاس پہنچا تو وہ میز پر سر جھکائے بیٹھی تھی۔

شاردا کے چہرے پر تھکن کے آثار تھے۔۔۔ وہ آہستہ آہستہ چائے پینے لگے۔

"ہاں۔۔۔ میں کرسی پر سو جاؤں گی۔" شاردا نے کہا۔

"نہیں نہیں۔۔۔ دوسرے کمرے میں جا کر دروازہ بند کر کے سو جاؤ۔ اس کرسی پر میں سو جاؤں گا۔۔۔"

شاردا نے کوئی عذر نہیں کیا اور اندر سے دروازہ بند کر کے کمرے میں لیٹ گئی۔

گوپی ناتھ کو نیند نہیں آئی۔ وہ بہت سی باتیں سوچتا رہا کہ یہ کون ہے۔ کہاں سے بھٹک کر آئی ہے۔ کیوں رو رہی ہے؟

اس نے کئی سگریٹ سلگائے اور کافی رات گئے سویا۔

صبح باہر کے کمرے میں ٹہلنے کی آواز سن کر شاردا نے دروازہ کھولا۔

گوپی ناتھ نے صبح بخیر کہا۔

اس نے بھی جواب میں کہا۔۔۔ "صبح بخیر۔"

"نیند تو اچھی طرح آئی نا۔۔۔؟"

"ہاں۔۔۔"

"نہاؤں گی؟"

گوپی ناتھ نے صابن، تیل، منجن اور تولیہ وغیرہ دے کر باتھ روم بتا دیا۔ اس کے بعد وہ تھرماس میں کافی اور ناشتہ خرید کر لے آیا۔

شاردا نہا کر نکلی۔ گوپی ناتھ بھی نہایا۔ پھر دونوں نے کافی پی۔ اب گوپی ناتھ نے ذرا غور سے شاردا کا چہرہ دیکھا۔ اس کے منہ پر نقاہت سی تھی۔

گوپی ناتھ آفس جانے کے لیے تیار ہوا۔

اس نے سفید کوٹ، قمیض اور بھورے رنگ کے جوتے پہننے۔ اس کے بعد اس نے شاردا سے پوچھا۔۔۔ "تم کہاں جا رہی ہو۔۔۔؟"

شاردا نے کوئی جواب نہیں دیا۔ اس کی آنکھوں سے آنسو بہنے لگے۔

"روتی کیوں ہو۔۔۔؟"

"یوں ہی" اس نے نظریں نیچی کر کے جواب دیا۔

"کل رات کہاں سے آئی تھیں۔۔۔؟"

"ہاسپٹل سے۔"

"نرس ہو۔۔۔"

"نہیں۔۔۔"

"ڈاکٹر۔۔۔؟"

"پڑھ رہی ہو۔۔۔؟"

"نہیں۔"

"کوئی کام کرتی ہو---؟"

"نہیں۔"

"گھر کہاں ہے---؟"

شاردا نے گاؤں کا نام بتادیا۔ "ستر میل کی دوری پر ہے۔"

"وہاں کیا کرتی تھیں---؟"

"پڑھتی تھی۔"

"کس کلاس میں---؟"

"بی۔اے۔میں۔"

'ماں باپ ہیں---؟"

"جی ہاں---"

"تمہارے والد کیا کام کرتے ہیں---؟"

"ہائی اسکول کے ہیڈ ماسٹر ہیں---"

"گھر سے جھگڑا کر کے چلی آئی ہو کیا---؟"

شاردا چپ رہی۔

'گھر واپس جانا چاہتی ہو---؟"

"نہیں---"

"پھر کہاں جاؤ گی---؟"

"مجھے کچھ نہیں معلوم---جانے کی کوئی جگہ ہی نہیں ہے---"

گوپی ناتھ حیران تھا۔ یہ تو شاید بالکل پاگل ہے۔ مگر ایسا نہیں لگتا۔ وہ بڑی دیر تک سوچتا رہا۔ اس نے آگے کے بارے میں سوچا۔ جیسے ایک بہت بڑے ہجوم کے سامنے

تقریر کرنے سے پہلے آدمی گھبراتا ہے۔ وہی حال گوپی ناتھ کا اس وقت تھا۔

"میں کچھ کہنا چاہتا ہوں۔۔۔!" گوپی ناتھ نے کہا۔

"ہماری ملاقات گزشتہ رات پہلی بار ہوئی ہے۔ ہم دونوں ایک دوسرے سے بالکل ناواقف ہیں۔ تمہارے ماں باپ ہیں۔ گھر بار ہے۔ مگر تم کہتی ہو کہ تمہارے لیے کوئی جگہ نہیں ہے۔ اس کی وجہ مجھے نہیں معلوم اور نہ میں تمہارے بارے معلوم کرنا چاہتا ہوں۔۔۔ میں تو صرف یہی چاہتا ہوں کہ آئندہ زندگی ہم ساتھ گزاریں گے۔"

کچھ دیر دونوں خاموش رہے۔ پھر شاردا بولی۔

"میں کیسے رہوں گی۔۔۔؟"

یہ سن کر گوپی ناتھ خوش ہو گیا۔۔۔ "میری بیوی بن کر۔ میں تم سے محبت کرنے لگا ہوں۔ آج ہی تم سے شادی کرنے کو تیار ہوں۔"

"شادی۔۔۔؟" وہ چونک پڑی۔

"ہاں۔۔۔ میں تم سے پیار کرتا ہوں۔"

پلک جھپکائے بغیر شاردا گوپی ناتھ کی آنکھوں میں دیکھے گئی۔

"آپ کتنے اچھے آدمی ہیں۔۔۔" وہ اداس لہجہ میں بولی۔

"میں آپ کی زندگی سے ناطہ جوڑوں! میں کتنی نیچ ہوں۔۔۔ شاید آپ نہیں جانتے۔"

"تو میں بھی کوئی مہاتما نہیں ہوں۔"

"میں آپ کو دھوکہ دینا نہیں چاہتی۔"

"کیسا دھوکا۔۔۔؟"

"آپ مجھے نہیں جانتے۔"

"عورت اور مرد ہمیشہ آپس میں اجنبی ہوتے ہیں۔ ایک دوسرے کے اندر سب کیسے جھانک سکتے ہیں۔ میں روح کے بارے میں کچھ نہیں جانتا۔ صرف اتنا جانتا ہوں کہ آنکھیں روح کا دروازہ ہیں۔۔۔ اور میں اس میں سے ایک خوبصورت پیکر کا دیدار کرتا ہوں۔ اس سے میں اتنا پیار کرتا ہوں۔ جتنا اپنے آپ سے بھی نہیں کرتا۔۔۔" گوپی ناتھ جذبات میں بہے جا رہا تھا۔۔۔

"میں ایک بہت بری عورت ہوں۔۔۔" شاردا سسکنے لگی۔

گوپی ناتھ قہقہہ مار کے ہنس پڑا۔

"تم کیسے بری ہو گئیں۔۔۔؟ کیا تمہارے جسم پر میل لگ گیا ہے؟"

" تھوڑی دیر کے تعارف ہی سے آپ کہتے ہیں کہ۔۔۔ میں تجھ سے پیار کرتا ہوں۔ آپ مجھ سے شادی تک کرنے کو تیار ہیں۔

لیکن میرا دنیا میں کوئی نہیں ہے۔ کیا آپ یہ عدہ بھی کرتے ہیں کہ مجھے سب کچھ دیں گے۔؟"

" چھی! کیسی باتیں کرتی ہو۔۔۔ میں ہر طرح سے تیار ہوں۔۔۔"

"پھر بھی۔۔۔"

"یہ پھر بھی کیا چیز ہے۔۔۔؟"

"میری بیتی زندگی۔؟"

"اوہ۔۔۔ کوئی بات نہیں۔۔۔" گوپی ناتھ نے کہا۔۔۔ "میرے ماضی میں بھی بہت سے اتار چڑھاؤ ہیں۔ مگر ہم دونوں پچھلی باتوں کو چھوڑ دیں گے اور موجودہ پیار سے آنے والی زندگی کو خوشگوار بنا دیں گے۔"

"آپ کچھ نہیں جانتے۔" وہ دانتوں سے ہونٹ کاٹتے ہوئے پھوٹ پھوٹ کر

روپڑی اور پھر روتے ہوئے بولی۔

"میں نے ہسپتال میں ایک بچے کو جنم دیا ہے۔"

پھر دونوں چپ ہو گئے۔۔۔ بہت دیر کے بعد گوپی ناتھ نے پوچھا۔

"بچہ کہاں ہے۔۔۔؟"

"مر گیا۔۔۔"

"اور شوہر۔۔۔؟"

"میری شادی نہیں ہوئی۔"

"بچے کا باپ۔۔۔؟"

"میرا کلاس فیلو۔۔۔"

"وہ کہاں ہے۔۔۔"

"آنرز میں پڑھ رہے ہیں۔"

"پھر۔۔۔؟"

"اسے اپنے مستقبل کے بارے میں طے کرنا ہے۔ اس نے مجھے بتا دیا تھا۔"

"مستقبل۔۔۔! کیسا مستقبل۔۔۔؟"

"وہ شاعر ہیں۔ انہوں نے کئی کتابیں لکھی ہیں۔ گذشتہ ہفتے سے ان کا امتحان شروع ہوا ہے۔ پاس ہونے پر کالج ہی میں کام ملے گا۔"

"اس شاعر کا نام کیا ہے۔۔۔؟"

شاردا نے نام بتا دیا۔

"بڑے اصول پرست ہیں۔۔۔؟"

"ہاں۔۔۔" شاردا نے کہا، "میں ان کی نظمیں پڑھا کرتی تھی۔ ان ہی دنوں وہ ہاسٹل

کے سامنے کرایے کے مکان میں رہنے لگا۔ سب سے پہلے ایک کتاب کے لیے میں نے ایک چٹھی بھیجی تھی۔ اس طرح ہم دونوں کا تعارف ہوا۔ ہماری آپس میں خط و کتابت ہونے لگی۔ میری سہیلیوں نے مجھے آگاہ کیا کہ وہ اچھا آدمی نہیں ہے۔ مگر اس کی نظمیں اتنی رومانی تھیں کہ میں نے اس پر اعتبار کر لیا۔ ہم دونوں نے بہت سے وعدے کیے۔۔۔ آموں کے گھنے باغوں سے گزر کر وہ رات کو ہاسٹل کی دیوار پھلانگ کر میرے کمرے میں آیا کرتا تھا۔۔۔ میں نے بہت چھپانا چاہا مگر میری سہیلیاں سب سے کہتی پھریں۔ گھر آئی تو وہاں بھی یہ بات پھیل گئی۔ اس لیے میں نے گھر چھوڑ دیا۔

ہاسٹل ہی میرا ایک محفوظ سہارا تھا۔ میں نے انہیں کئی خط لکھے۔۔۔ آخر کار ان کی ایک سطر والی بے نام کی ایک چھٹی ملی۔۔۔ لکھا تھا۔۔۔ "مجھے اپنے مستقبل کو دیکھنا ہے۔۔۔"

"میرے پاس پیسے نہیں تھے۔۔۔ پرسوں رات ہاسپٹل ہی میں، میں نے مرنا چاہا۔ کھڑکی سے باہر کودنے لگی تو پولیس کی سیٹی سنائی دی۔۔۔ میں ڈر گئی۔۔۔ پھر میں نے زہر پینے کا ارادہ کیا مگر پی نہ سکی۔ ہاسپٹل سے باہر آ گئی۔ بارش کی پروا کیے بغیر چلتی رہی۔۔۔ دوپہر سے شام ہو گئی۔۔۔ مگر جب اور چلنے کی ہمت نہ رہی تو۔۔۔ یہاں آپ کے پاس۔۔۔"

"بس اتنی سی بات۔۔۔؟" گوپی ناتھ نے کہا۔۔۔ "یہ کوئی بات نہیں ہے۔ زندگی رونے کے لیے نہیں ہے۔۔۔ تم سے ایک غلطی ہو گئی ہے۔ اکثر ناسمجھ کنواری لڑکیوں کو ایسا دھوکا دیا جاتا ہے۔ عورت اور مرد دونوں ہی قصوروار ہیں اس بات کے لیے۔۔۔ مگر اب پرانی باتوں پر سوچنے سے کیا فائدہ۔۔۔ میں جا کر تمہارے لیے کپڑے لے آؤں۔۔۔؟"

"کیوں۔۔۔؟"

"میری بیوی بن کر رہو گی تو کپڑوں کی ضرورت نہیں پڑے گی کیا۔۔۔؟ میرے کپڑے کب تک پہنے رہو گی۔۔۔؟"

"نہیں یہ شادی ٹھیک نہیں رہے گی۔ آپ کے ماں باپ کیا کہیں گے؟ آپ کے دوستوں کو یہ رشتہ پسند نہیں آئے گا۔"

"لیکن شادی تو مجھے کرنا ہے۔۔۔ والدین میں صرف میری ماں ہے اور میری ماں نے بھی میری مرضی کے خلاف اپنی دوسری شادی کر لی ہے۔ بھائی کوئی نہیں۔۔۔ ایک بہن ہے اس کی شادی ہو چکی ہے۔۔۔ اب میں اکیلا ہوں۔" گوپی ناتھ نے بتایا۔

"ہاں میرے پاس روپیہ پیسہ کچھ نہیں ہے۔۔۔ میں نے انٹر میڈیٹ تک تعلیم پائی ہے۔

میری ساری دولت یہ اخبار ہے، جس کا ایڈیٹر بھی ہوں، منیجر بھی اور چپراسی بھی ہوں۔ سب کچھ میں خود ہی ہوں۔ اس لئے بیچ میں رکاوٹ ڈالنے والا اور کوئی نہیں ہے۔"

"لیکن میرے دل میں اب محبت باقی نہیں رہی۔۔۔ میں کسی سے پیار نہیں کر سکتی۔۔۔" شاردا نے کہا۔

"شاردا تم مجھ پر اعتبار تو کر سکتی ہو نا؟" گوپی ناتھ کی اس بات پر شاردا نے روتے ہوئے خاموشی سے اقرار کر لیا۔

رجسٹرار کے آفس جا کر وہ دونوں میاں بیوی بن گئے۔ انہوں نے اپنا ایک ساتھ فوٹو کھنچوایا اور اسے اپنے اخبار میں چھپوا دیا۔

اس اخبار کی ایک کاپی شاردا کے باپ کو بھیجی اور ایک کاپی اس شاعر کو بھیجی۔

شاردا کے ماں باپ ان دونوں کو مبارکباد دینے آئے۔

ایک ادبی جلسے میں گوپی ناتھ تقریر کرنے گیا تو وہاں اس نے کرسی صدارت پر اس شاعر کو بیٹھے دیکھا۔ تقریر ختم ہونے کے بعد پھولوں کے ہاروں کا ڈھیر لیتے ہوئے شاعر نے بڑی اداس مسکراہٹ کے ساتھ گوپی سے پوچھا۔

"ایڈیٹر صاحب کی شادی تو غالباً ابھی حال ہی میں ہوئی ہے؟"

"جی ہاں۔۔۔" گوپی ناتھ نے کہا۔

"اس عورت کو آپ پہلے سے جانتے تھے۔۔۔؟"

"نہیں۔"

"اس کے کئی محبت نامے ایک آدمی کے پاس ہیں۔"

"ہاں یہ بات مجھے شاردا نے بتائی ہے۔"

"شادی سے پہلے بچہ ہونے کی بات بھی بتادی ہے؟"

"ہاں۔۔۔ اس نے سب کچھ بتادیا ہے۔"

"اور اس نے یہ بھی کہا ہوگا کہ وہ ایک "سیکنڈ ہینڈ" مال ہے۔۔۔ کیوں۔۔۔؟" وہ شاعر ہنسنے لگا۔ گوپی ناتھ بھی مسکرایا۔

"ہاں۔۔۔ شاردا نے یہ بات بھی کہی تھی اور اس دھوکا دینے والے شاعر کا نام بھی بتایا ہے۔۔۔"

شاعر کا چہرا سیاہ پڑ گیا۔۔۔ اور گوپی ناتھ نے ہنستے ہوئے اجازت چاہی۔

اس شاعر نے ملاقات کا حال گوپی ناتھ سے شاردا کو نہیں سنایا کیونکہ وہ ہر طرح شاردا کو خوش رکھنا چاہتا تھا۔۔۔ شاردا کو کوئی تکلیف نہیں تھی۔۔۔ وہ خوش تھی۔

گھر کے کام کاج میں، کھانا بنانے میں اور اخبار میں لپیٹ کر گوپی ناتھ کا ٹفن تیار کرنے میں وہ بڑی سگھڑ تھی۔۔۔ مگر ان سب کاموں کو کرتے وقت بھی یہ خیال ہر وقت

اس کے دل میں رہتا تھا کہ اس کے دل میں محبت نہیں ہے۔ وہ کسی کو پیار نہیں کرتی۔

بارش اور ہوا کے شور میں گوپی ناتھ کو شاردا کی کہی ہوئی یہ باتیں یاد آئیں۔۔۔ اب وہ مجھ سے پوچھتی ہے کہ مجھ سے بیاہ کیوں کیا۔۔۔

گوپی ناتھ چھتری لے کر شاردا سے بات کرنے کے لیے کمرے میں آیا تو وہ پھوٹ پھوٹ کر رو رہی تھی۔ گوپی ناتھ کا جی چاہا اسے اٹھا کر پیار کرے۔ مگر شاردا اسے پیار نہیں کرتی۔۔۔ یہ بات یاد آئی تو وہ رک گیا۔

"پریس ہو آؤں۔۔۔؟" اس نے کہا۔

"تم واپس آؤ گے تو میں یہاں نہیں ہوں گی۔" شاردا نے روتے ہوئے کہا۔

"کہاں جاؤ گی۔۔۔؟"

"کہیں بھی۔۔۔"

"یہاں کیا دکھ ہے۔۔۔؟"

"دکھ۔۔۔" شاردا کا دل کانپ گیا۔۔۔ "کچھ نہیں۔"

وہ چھاتی پیٹنے لگی۔۔۔ گوپی ناتھ نے اس کا ہاتھ تھام لیا۔

"مجھے مت چھوؤ۔۔۔ میں ناپاک ہوں۔ بہت خراب ہوں۔"

"ناپاک ہو۔۔۔ تم کیا کہہ رہی ہو۔۔۔؟"

"کچھ نہیں۔۔۔ مجھے مر جانے دو۔۔۔"

"تمہیں کیا دکھ ہے شاردا۔۔۔ تم کیوں مرنا چاہتی ہو۔۔۔؟"

"افوہ۔۔۔ کچھ نہیں۔۔۔" وہ گہرے دکھ بھرے لہجے میں بولی۔

"مجھ سے یہ نفرت انگیز زندگی نہیں سہی جاتی۔"

"تمہاری زندگی کو کس نے نفرت انگیز کر دیا ہے۔؟" گوپی ناتھ نے پوچھا۔

"آپ نے۔۔۔"

"میں نے۔۔۔؟" اور گوپی ناتھ پھر کچھ نہ کہہ سکا۔

"ہاں آپ نے۔۔۔" اس نے روتے ہوئے کہا۔

"کیا آپ مجھے پسند کرتے ہیں۔۔۔؟"

"میں۔۔۔؟" گوپی ناتھ نے حیرانی سے کہا۔۔۔ "تم تو مجھ سے نفرت کرتی ہو۔"

"میں۔۔۔؟" ناقابل برداشت غم سے شاردا گوپی ناتھ کی چھاتی میں منہ چھپا کر سسکیاں لینے لگی۔۔۔ "میں۔۔۔ میں آپ کو۔۔۔ اپنی جان۔۔۔ سے۔۔۔ زیادہ۔۔۔"

***

نیلی روشنی

میری زندگی میں ہونے والے عجیب و غریب واقعات میں سے ایک واقعہ یہ بھی ہے۔ نہیں، یہ کوئی معمولی واقعہ نہیں ہے۔ اسے تو عام واقعات سے ہٹ کر کوئی غیر معمولی واقعہ کہنا چاہیے۔۔۔ ایک مافوق الفطرت واقعہ۔ میں نے اسے سائنسی منطق کے ذریعے سمجھنا چاہا مگر مجھے کامیابی نہیں ہوئی۔ شاید آپ سمجھ سکیں، اس کا تجزیہ کر سکیں۔ میں اسے ایک حیرت انگیز واقعہ کہتا ہوں۔ میں اور کہہ بھی کیا سکتا ہوں؟

واقعہ یہ ہوا!

دن مہینہ اور سال کوئی اہمیت نہیں رکھتے۔ میں ایک گھر کی تلاش میں تھا۔ یہ بھی کوئی انوکھی یا نئی بات نہیں ہے۔ میں ہمیشہ ہی گھر کی تلاش میں رہتا ہوں۔ مجھے کبھی کوئی گھر یا کوئی کمرہ ایسا نہیں ملتا جو مجھے پسند آئے۔ جس جگہ میں رہا وہاں مجھے سیکڑوں خرابیاں نظر آئیں مگر اس کی شکایت میں کس سے کر سکتا ہوں؟ اگر مجھے گھر پسند نہیں آیا تو مجھے آزادی ہے، میں کہیں اور جا سکتا ہوں۔ مگر جاؤں تو کہاں جاؤں؟ چنانچہ میں وہیں جھنجھلاہٹ اور کسی قدر آزردگی کے ساتھ رہتا رہا۔ کتنے گھر ہوں گے اور نہ جانے کتنے کمرے ہوں گے جن سے میں غیر مطمئن رہا۔ یہ کسی دوسرے کا قصور نہیں تھا۔ مجھے یہ پسند نہیں آئے، اس لیے میں نے انہیں چھوڑ دیا۔ ان جگہوں پر میرے بجائے کوئی اور آ جائے گا، جس کو یہ پسند بھی ہوں گی۔ کرائے کے مکانوں کے ساتھ یہی تو ہوتا ہے۔

وہ زمانہ ایسا تھا جب کرایے کے مکانوں کی بڑی قلت تھی۔ پہلے جو جگہ دس روپے میں مل سکتی تھی، اس کے لیے اب پچاس روپے دینے ہوتے تھے۔ اسی لیے میں مکان کی تلاش میں حیران و پریشان چکر لگاتا رہا۔ پھر مجھے ایک مکان مل گیا۔ یہ ایک چھوٹا سا ایک منزلہ مکان تھا۔ شہر کے شور و شر سے دور، میونسپلٹی کی حدود کے قریب۔ اس پر ایک پرانا بورڈ لگا ہوا تھا، "کرایے کے لیے خالی۔"

بحیثیت مجموعی یہ مجھے پسند آیا۔ زمینی منزل پر چار کمرے اور غسل خانہ اور زینے سے چڑھ کر دو کمرے تھے اور ایک بالکونی۔ ایک باورچی خانہ بھی تھا اور اس میں پانی کا نل بھی۔ صرف بجلی نہیں تھی۔ باورچی خانے کے سامنے ایک کنواں تھا۔ قریب ہی صحن کے ایک کونے میں پاخانہ بنا ہوا تھا۔ کنواں کافی پرانا تھا۔ اس کے اوپر چاروں طرف پتھر کی ایک منڈیر تھی۔ چہار دیواری سے گھرے صحن میں بہت سارے درخت لگے ہوئے تھے۔ ایک بڑا فائدہ یہ تھا کہ پڑوسی نہیں تھے۔ گھر سڑک کے کنارے تھا۔

مجھے حیرت بھی تھی اور ساتھ ہی مسرت بھی۔ اس گھر کو آخر کسی نے لیا کیوں نہیں؟ بس یوں سمجھیے کہ قسمت سے میرے ہاتھ ایک خوبصورت عورت آگئی تھی اور وہ بھی ایسے زمانے میں جب خوبصورت عورتیں بہت کمیاب تھیں۔ میں اسے برقعے میں چھپا کر رکھوں گا۔ اس گھر نے میرے اندر کچھ اس قسم کے جذبات ابھارے۔ مجھے بڑا جوش و خروش تھا۔ میری مصروفیت بڑھ گئی۔ میں نے روپیہ ادھار لیا اور دو مہینے کا کرایہ پیشگی ادا کر کے مکان کی کنجی لے لی۔ مختصراً یہ کہ میں گھر میں آگیا۔ اسی دن میں نے مٹی کے تیل کی ایک لالٹین خرید لی۔

میں نے تمام کمروں میں جھاڑو دی، باورچی خانے میں جھاڑ پونچھ کی اور پاخانے کو صاف کیا۔ کوڑا کباڑ ہر طرف بہت تھا۔ گرد بہت تھی۔ میں نے کمروں کو ایک بار پھر دھویا

اور صاف کیا۔ پھر میں نے خود غسل کیا۔ پھر اطمینان کی سانس لی۔ نہانے کے بعد جاکر کنویں کی منڈیر پر بیٹھ گیا۔ مجھے اتنا سکون تھا کہ میں بیٹھ سکتا تھا، خواب دیکھ سکتا تھا، صحن میں چکر لگا سکتا تھا۔ مجھے سامنے صحن میں باغ لگانے کا پروگرام بنانا تھا۔ باغ میں زیادہ تر گلاب ہوگا اور چنبیلی کی کچھ بیلیں بھی۔ میں فیصلہ نہیں کر پا رہا تھا کہ کھانا پکانے کے لیے کسی کو رکھوں یا نہیں۔ نہیں، اس سے پریشانی بڑھ ہی جائے گی۔

صبح کو نہانے کے بعد میں تھرماس لے کر چائے کی دکان پر جا سکتا تھا اور وہاں سے چائے پینے کے بعد تھرماس میں چائے بھروا کر لا سکتا تھا۔ کسی ہوٹل میں دوپہر کے کھانے کا انتظام ہو سکتا تھا اور رات کے کھانے کے لیے بھی ہوٹل والے سے کہا جا سکتا تھا کہ وہ گھر پر بھیج دے۔ پھر مجھے ڈاکیے سے مل کر اسے بتا دینا چاہیے کہ میں اب یہاں رہنے آیا ہوں۔ اس سے یہ بھی ہوگا کہ وہ کسی کو بتائے گا نہیں کہ گھر خالی ہے۔ حسین تنہائی کی راتیں، حسین تنہائی کے دن۔۔۔ میں کچھ بھی پہن سکوں گا۔۔۔ یہی سب سوچتے ہوئے میں نے کنویں کے اندر جھانکا۔ میں اندازہ نہیں لگا سکا کہ اس میں پانی ہے یا نہیں۔ سطح پر گھاس پھوس اور جھاڑ جھنکاڑ بہت تھا۔ میں نے ایک پتھر اٹھا کر کنویں میں پھینکا۔ چھپ کی آواز آئی۔ ساتھ ہی اس کی بازگشت۔ کنویں میں پانی تھا۔

اس وقت دن کے گیارہ بجے تھے۔

پچھلی رات میری پلک تک نہیں جھپکی تھی۔ میں نے شام کو ہوٹل والے کا حساب صاف کیا تھا۔ اس کے بعد مالک مکان سے ملا تھا۔ پھر میں نے اپنا بستر باندھا تھا، گراموفون اور ریکارڈ ایک بڑے ڈبے میں بند کیے تھے، کپڑے وغیرہ بکس میں رکھے تھے۔ اس کے علاوہ کاغذات، کتابیں، آرام کرسی، بک شیلف، غرض سارا سامان باندھا تھا۔ علی الصباح دو گاڑیوں پر اپنا سامان رکھ کر میں نکل کھڑا ہوا تھا۔

میں نے اپنے نئے گھر کے دروازے بند کیے، باہر کے دروازے میں تالا لگا کر سڑک پر آ گیا اور پھاٹک بند کر دیا۔ کنجی میں نے جیب میں ڈالی اور کسی قدر فخر کے ساتھ چل کھڑا ہوا۔ اپنے دل میں سوچتا رہا کہ میں آج رات گھر گرمانے کی تقریب کس فنکار کے گانے سے شروع کروں؟ میرے پاس سو سے زیادہ گراموفون ریکارڈ ہیں۔ ان میں انگریزی، عربی، ہندی، اردو، تامل اور بنگالی گانے ہیں۔ ملیالم کا کوئی ریکارڈ نہیں ہے۔ ملیالم میں اچھے گانے والے ہیں، ان کے گانوں کے ریکارڈ خریدے جا سکتے ہیں، مگر ان کی موسیقی خراب ہوتی ہے۔ معلوم نہیں ملیالم میں کوئی اچھا میوزک ڈائریکٹر کب پیدا ہوگا۔۔۔ پنکج ملک، دلیپ کمار رائے جیسا۔

میں نے خود اپنے آپ سے سوال کیا، آج رات میں سب سے پہلا گانا کون سا بجاؤں؟ پنکج ملک، دلیپ رائے، سہگل، بنگ کراسی، پال رابسن، عبدالکریم خاں، کانن دیوی، خورشید، جوتھکا رائے، ایم ایس سبھ لکشمی۔۔۔ میں نے دس یا بیس ناموں پر غور کیا، آخر میں اس نتیجے پر پہنچا کہ "دور دیس کا رہنے والا آیا" ٹھیک رہے گا۔ کس نے گایا تھا اسے؟ کسی مرد نے یا عورت نے؟ میں یاد نہ کر سکا۔ میں نے سوچا ریکارڈ کو دیکھ لوں۔ میں چلتا رہا۔

سب سے پہلے میں ڈاکیے سے ملا۔ میں نے اسے اس گھر کے بارے میں بتایا جسے میں نے کرایے پر لیا تھا۔ میری بات سن کر اس نے کسی قدر حیرانی اور پریشانی کا اظہار کرتے ہوئے کہا، "اچھا۔۔۔ وہ گھر۔۔۔ اس میں تو ایک غیر فطری اور خوفناک موت ہوئی تھی۔ وہاں تو کوئی بھی بہت دن نہیں رہتا اور اسی وجہ سے وہ گھر اتنے دن سے خالی پڑا رہا ہے۔"

"غیر فطری اور بھیانک موت ہوئی تھی؟" میں نے بدحواس ہو کر پوچھا، "کس طرح کی غیر فطری موت؟"

"گھر میں ایک کنواں ہے نا؟ کوئی اس میں کود گیا تھا۔ اس واقعے کے بعد اس گھر میں سکون اور اطمینان کبھی نہیں ہوا۔ بہت سے لوگ آکر اس گھر میں رہے۔ رات کو دروازے زور زور سے بند ہوں گے۔ پانی کے نل سے خود بخود پانی نکلنے لگے گا۔۔۔"

"دروازے زور زور سے بند ہوں گے؟ نل خود اپنے آپ چلنے لگے گا؟ تعجب کی بات ہے۔" دونوں نلوں میں ٹونٹی لگی ہوئی تھی جسے بند کیا جا سکتا تھا اور تالا بھی لگا ہوا تھا۔ مالک مکان نے مجھے بتایا تھا کہ لوگ دیوار پھاند کر نہانے آجایا کرتے تھے، اس لیے نلوں کو تالا لگا کر رکھا جاتا تھا۔ مجھے اس سے پوچھنا چاہیے تھا کہ بند غسل خانے کے نل کو مقفل رکھنے کی کیا ضرورت۔۔۔ اس سوال کا مجھے اس وقت خیال نہیں آیا۔

"بھوت آپ کی گردن دبوچ گا، آپ کا گلا گھونٹ دے گا۔ آپ سے یہ سب کچھ کسی نے بتایا نہیں حضور؟"

بہت دلچسپ! میں نے دل میں سوچا اور میں دو مہینے کا کرایہ پیشگی دے چکا ہوں؟ کوئی کر بھی کیا سکتا ہے! میں نے اس سے کہا، "ارے یہ کوئی بڑی بات نہیں ہے۔ ایک دفعہ کی جھاڑ پھونک اس سب کا قلع قمع کر دے گی۔ بہر حال تم یہ خیال رکھنا کہ میرے خطوط اور میری دوسری ڈاک مجھے مل جایا کرے۔"

یہ سب میں نے بڑی دلیری کے ساتھ کہا۔ ویسے میں نہ تو بہادر ہوں اور نہ ہی ڈرپوک۔ مجھے بھی ان چیزوں سے ڈر لگتا ہے جن سے دوسرے عام لوگوں کو ڈر لگتا ہے۔ اس لیے شاید میرا شمار بھی ڈرپوکوں میں کیا جانا چاہیے۔ ایسے حالات میں آپ نے کیا کیا ہوتا؟

میں چلتا رہا۔ میری رفتار دھیمی ہو گئی تھی۔ میں سوچ رہا تھا کہ مجھے کیا کرنا چاہیے۔ میں محض تجربے کی خاطر حالات پیدا نہیں کرتا لیکن اگر بغیر بلائے ہی کوئی موقع آجائے

تو اس وقت کیا کیا جائے؟

میں ایک ہوٹل میں چلا گیا۔ وہاں میں نے چائے پی۔ کھانے کی مجھے کوئی خواہش نہیں تھی۔ میرے پیٹ میں آگ سی لگی ہوئی تھی۔ میں نے ہوٹل والے سے کھانا گھر بھجوانے کے لیے کہا۔ جب اس نے گھر کا نام سنا تو اس نے بھی کہا، "میں آپ کا کھانا دن میں بھیج سکتا ہوں مگر رات کو۔۔۔ لڑکے وہاں جائیں گے نہیں۔ وہاں ایک عورت کنویں میں کود کر مر گئی تھی۔ وہ اب بھی وہیں کہیں آس پاس ہو گی۔ حضور، آپ کو بھوتوں سے ڈر نہیں لگتا کیا؟"

میرا آدھا ڈر ختم ہو چکا تھا۔ کنویں میں کودنے والی عورت تھی۔۔۔ عورت نا؟ میں نے کہا، "ارے یہ کوئی ایسی تشویش کی بات نہیں ہے اور پھر میرے پاس اس کے توڑ کا منتر ہے۔"

مجھے کوئی منتر یا جادو ٹونا نہیں معلوم تھا، لیکن یہ قصہ ایک عورت کا تھا اور جیسا کہ میں نے کہا، میرا آدھا ڈر ختم ہو چکا تھا۔ وہاں سے میں قریب کے ایک بینک میں گیا۔ میرے دو تین دوست وہاں کلرک تھے۔ یہ خبر میں نے انہیں سنائی۔ وہ مجھ پر خفا ہوئے۔ "تم نے حماقت کی ہے۔ اس گھر میں بھوت ہے۔ یہ بھوت مردوں کو خاص طور پر نقصان پہنچاتا ہے۔"

اچھا تو بھوت مردوں سے نفرت کرتا ہے! یہ تو بڑی اچھی بات ہے۔ ان میں سے ایک نے کہا، "مکان کرایے پر لینے سے پہلے تم ہم میں سے کسی سے مشورہ نہیں کر سکتے تھے؟" میں نے کہا، "اس وقت کسی کو کیا معلوم تھا؟ میں تم سے ایک بات پوچھوں۔ اس عورت نے کنویں میں کود کر اپنی جان کیوں دے دی؟"

"عشق!" دوسرے دوست نے جواب دیا۔ "اس کا نام بھارگوی تھا، عمر اکیس

سال۔ اس نے بی اے پاس کیا تھا۔ بی اے پاس کرنے سے پہلے ہی وہ ایک لڑکے سے محبت کرنے لگی تھی، شدید عشق۔ مگر اس لڑکے نے کسی دوسری لڑکی سے شادی کرلی۔ شادی کی رات بھارگوی نے کنویں میں کود کر اپنی جان دے دی۔"

میر اسار اڈر ختم ہو چکا تھا۔ اچھا تو مردوں سے اس کی دشمنی کے پیچھے یہ سبب ہے؟"

میں نے کہا، "بھارگوی مجھے پریشان نہیں کرے گی۔"

"کیوں نہیں کرے گی؟"

"میں ایک عمل جانتا ہوں۔"

"ہم بھی دیکھیں گے۔۔۔ رات کو تم چلاؤ گے، آہ وزاری کرو گے۔"

میں نے ان باتوں کا کوئی جواب نہیں دیا۔ میں اپنے گھر واپس آگیا۔ دروازے اور کھڑکیاں کھول دیں۔ پھر نیچے گیا اور دیوار کے قریب کھڑا ہو گیا۔

"بھارگوی کٹی!" میں نے آہستہ سے پکارا، "ہم ملے نہیں ہیں، ایک دوسرے کو جانتے نہیں ہیں۔ میں یہاں رہنے آیا ہوں۔ اپنے خیال میں میں اچھا آدمی ہوں، کنوارا ہوں۔ بھارگوی، میں نے تمہارے بارے میں بہت سی شکایتیں سنی ہیں۔ میں نے سنا ہے کہ تم یہاں کسی کو رہنے نہیں دیتی ہو۔ رات کے وقت تم پانی کا نل کھول دیتی ہو، زور زور سے دروازے کھڑکیاں بند کرتی ہو۔ تم مردوں کی گردن دبوچ لیتی ہو، ان کا گلا دبا دیتی ہو۔ کچھ ایسی باتیں ہیں جو میں نے سنی ہیں۔۔۔ اب میں کروں تو کیا کروں؟ میں دو مہینے کا کرایہ پیشگی دے چکا ہوں۔۔۔ اور پھر یہ جگہ مجھے پسند بھی بہت ہے۔"

میں یہاں بیٹھ کر سکون سے کام کرنا چاہتا ہوں۔ کہنے کا مطلب یہ ہے کہ یہاں بیٹھ کر میں کچھ کہانیاں، کچھ افسانے لکھنا چاہتا ہوں۔ ایک سوال تم سے پوچھوں بھارگوی کٹی؟ تم کو کہانیاں اچھی لگتی ہیں؟ اگر تمہیں اچھی لگتی ہوں تو بھارگوی کٹی، تمہیں اپنی ساری

کہانیاں پڑھ کر سنا سکتا ہوں۔ سنو گی؟ دیکھو میری تم سے کوئی لڑائی نہیں ہے۔ اس کی وجہ یہ ہے کہ ہم دونوں کے بیچ کوئی بات ہوئی ہی نہیں ہے۔ کنویں میں پتھر میں نے بالکل انجانے میں ڈال دیا۔ ایسی کوئی حرکت اب آئندہ نہیں ہوگی۔ مجھے معاف کر دو۔ بھارگوی کٹی، میری آواز سن رہی ہو؟ میرے ساتھ ایک بہت اچھا گراموفون ہے اور تقریباً دو سو بڑے اچھے گانوں کی ریکارڈ۔۔۔ کیا تم موسیقی کی شوقین ہو؟"

یہ سب کہنے کے بعد میں خاموش ہو گیا۔ میں کس سے بات کر رہا تھا؟ ایک کھلے ہوئے کنویں سے جو ہر چیز کو نگلنے کے لیے تیار تھا؟ درختوں سے؟ گھر سے؟ ہوا سے؟ زمین سے؟ آسمان سے؟ آخر کس سے؟ میں اپنے پریشان دماغ سے تو بات نہیں کر رہا تھا؟ میں نے اپنے آپ سے کہا، یہ میرے اپنے دماغ کا کیڑا ہے جس سے میں بات کر رہا ہوں۔ بھارگوی، میں نے تمھیں دیکھا نہیں ہے۔ ایک نوجوان عورت، صرف اکیس سال کی، اس نے ایک مرد سے ٹوٹ کر محبت کی۔ یہ اس آدمی کی بیوی، اس کی جیون ساتھی بن کر زندگی گذارنا چاہتی تھی۔ اس نے اس کے ساتھ اپنی زندگی کے خواب دیکھے تھے۔ مگر یہ خواب۔۔۔ ہاں یہ خواب محض خواب رہ گئے۔ وہ مایوس ہو گئی۔ اس ایسا لگا جیسے وہ کوئی فالتو اور بے کار چیز ہے۔

"بھارگوی کٹی!" میں نے کہا، "تم کو ایسا نہیں کرنا چاہیے تھا۔ یہ نہ سمجھنا کہ میں تمھیں الزام دے رہا ہوں۔ جس آدمی کو تم نے اتنا چاہا اس نے تم سے اتنی محبت نہیں کی۔ اسے کسی دوسری عورت سے محبت تھی، اس نے اس سے شادی کر لی اور تمھاری زندگی تمھارے لیے تلخ ہو گئی۔ جو گذر گیا اسے جانے دو۔ جہاں تک تمھارا معاملہ ہے، تاریخ اپنے کو دوہرائے گی نہیں۔

بھارگوی کٹی! یہ مت سمجھو کہ میں تمھیں الزام دے رہا ہوں۔ کیا تم نے واقعی

محبت کی خاطر جان دے دی؟ محبت تو ایک ابدی زندگی کی صبح ہوتی ہے۔ بے وقوف لڑکی ہو تم! تمہیں۔۔۔ تمہیں زندگی کے بارے میں کچھ نہیں معلوم۔ مردوں سے تمہاری یہ نفرت اس بات کا ثبوت ہے۔ تم نے صرف ایک مرد کو جانا۔ چلو ہم مان لیتے ہیں کہ اس آدمی نے تمہیں تکلیف پہنچائی۔ مگر کیا یہ صحیح ہے کہ تم تمام مردوں کو اسی رنگین عینک سے دیکھنے لگو؟ اگر تم نے خودکشی نہ کی ہوتی، زندہ رہی ہوتیں، تب تم کو اندازہ ہو جاتا کہ تمہارا یہ رویہ غلط تھا۔ تمہیں ایسے لوگ ملتے جو تمہیں دیوی کہتے، تمہاری پوجا کرتے۔ مگر جیسا کہ میں نے کہا، تمہارے معاملے میں تاریخ اپنے آپ کو دوہرائے گی نہیں۔

بہرحال تمہیں مجھے پریشان نہیں کرنا چاہیے۔ یہ کوئی چیلنج یا حکم نہیں ہے۔ یہ صرف ایک درخواست ہے۔ آج رات اگر تم میرا گلا دبا کر مجھے مار ڈالو تو پھر تم سے یہ پوچھنے والا کوئی بھی نہ ہوگا کہ کیا وہ تم سے بدلہ نہیں لے سکتا۔ ایسا کرنے والا کوئی نہ ہوگا، کیونکہ میرا کوئی ہے ہی نہیں۔

بھارگوی کٹی، تم میرے حالات سمجھ رہی ہو؟ ہم دونوں یہاں رہ رہے ہیں۔ کہنے کا مطلب یہ ہے کہ میرا یہاں رہنے کا ارادہ ہے۔ کنویں اور گھر پر اب میرا حق ہے۔ تم نیچے کے چار کمرے اور کنواں استعمال کر سکتی ہو۔ کچن اور باتھ روم ہم دونوں استعمال کر لیں گے۔ یہ فیصلہ تمہیں ٹھیک لگتا ہے؟"

میں مطمئن تھا۔ کچھ ہوا نہیں۔

یہ رات کا وقت تھا۔ میں نے باہر جا کر کھانا کھایا اور تھرماس میں چائے بھروا کر واپس آ گیا۔ میں نے ٹارچ جلائی، پھر مٹی کے تیل کی لالٹین جلائی۔ کمرہ پیلی روشنی میں ڈوب گیا۔

میں ٹارچ لے کر نیچے گیا۔ اندھیرے میں کچھ دیر کھڑا رہا۔ وہاں جانے کا میرا مقصد

نل میں تالا لگانے کا تھا۔ میں نے ساری کھڑکیاں کھول دیں۔ پھر میں کنویں اور باورچی خانے کے قریب گیا۔ میں نے فیصلہ کیا کہ نل میں تالا نہیں لگے گا۔ میں نے گھر کے دروازے بند کیے اور تالے لگا کر اوپر آ گیا۔ تھوڑی سی چائے پی، پھر بیڑی سلگا کر تھوڑی دیر کے لیے کرسی پر بیٹھ گیا۔ میں لکھنا شروع ہی کرنے والا تھا کہ مجھے ایسا لگا کہ میری کرسی کے پیچھے کوئی کھڑا ہے۔۔۔ بھار گوی!

"لکھتے وقت اگر کوئی پیچھے سے جھانکتا رہے تو مجھے اچھا نہیں لگتا۔" میں نے کہا۔

میں نے مڑ کر دیکھا۔۔۔ وہاں کوئی نہیں تھا۔ میرا دل لکھنے سے اچاٹ ہو گیا۔ میں اٹھ کر کھڑا ہو گیا اور دونوں کمروں میں ادھر سے ادھر ٹہلنے لگا۔ ہوا بالکل بند تھی۔ باہر درختوں کی پتیاں تک نہیں ہل رہی تھیں۔ میں نے کھڑکی سے باہر دیکھا۔۔۔ باہر ایک روشنی تھی۔ میں یہ اندازہ نہیں لگا سکا کہ روشنی نیلی تھی، یا لال، یا پیلی۔۔۔ مجھے یہ بس لمحے ہی بھر کے لیے نظر آئی تھی۔

"ارے یہ محض واہمہ ہے!" میں نے اپنے آپ سے کہا۔ میں وثوق سے یہ نہیں کہہ سکتا تھا کہ میں نے روشنی دیکھی یا نہیں۔ لیکن پھر یہ سوچتا ہوں کہ اگر دیکھی نہیں تو مجھے اس کا خیال کیوں آیا؟

میں بہت دیر تک ٹہلتا رہا۔ تھوڑی دیر کھڑکی کے قریب کھڑا ہوا۔ مجھے کہیں بھی کوئی مختلف چیز یا کوئی تبدیلی نظر نہیں آئی۔ میں نے پڑھنے کی کوشش کی مگر توجہ کو مرکوز نہیں رکھ سکا۔ میں نے سوچا کہ مجھے سونا چاہیے۔ میں نے اپنا بستر ٹھیک کیا۔ لالٹین بجھا دی۔ اچانک مجھے ایسا محسوس ہوا جیسے میرے کانوں میں گانوں کی آواز آ رہی ہے۔

میں نے لالٹین پھر جلا دی۔ گراموفون کھولا، ایک نئی سوئی لگائی، چابی بھری۔ کس کا گانا سنوں؟ ساری دنیا خاموش تھی مگر فضا میں ایک بھنبھناہٹ محسوس ہوتی تھی۔ یہی

بھنبھناہٹ میرے کانوں میں بھی گونج رہی تھی۔ مجھے ڈر نہیں لگا مگر ایک سنسناہٹ، ایک تھرتھری سی سارے جسم میں دوڑ رہی تھی۔ ماحول پر ایک خوفناک سکوت محیط تھا جسے میں ریزہ ریزہ کرنا چاہتا تھا۔ کون سا گانا اس کام میں میری مدد کر سکتا ہے؟ میں نے ریکارڈوں کو دیکھنا شروع کیا اور بالآخر کالے امریکی پال رابسن کے ریکارڈ کو نکالا۔ گراموفون سے اس کی آواز آئی۔ شیریں، گونجتی ہوئی مردانہ آواز میں وہ گا رہا تھا، "جوشوا نے جنگ لڑی جیریکو کی۔۔۔"

اس کے بعد پنکج ملک کا گانا تھا: "توڑ نہ سرا بھی۔۔۔"

اس گیت کے ختم ہونے کے بعد، ریشم کی طرح نرم، گنگناتی ہوئی نسوانی آواز تھی ایم ایس سبھ لکشمی کی، "کنتی وروم گیتم۔۔۔" (گیت نرم ہوا میں تیر رہا تھا۔۔۔)

ان سبھ لکشمی کا گانا ختم ہوا۔

ان تین گانوں کے بعد میں نے کچھ سکون محسوس کیا۔ کچھ دیر میں بالکل خاموش اور ساکت بیٹھا رہا۔ کچھ وقفے کے بعد میں نے عظیم فنکار سہگل کا ریکارڈ نکالا۔ اس کی آواز میں مٹھاس تھی اور درد۔ "سو جا راج کماری۔۔۔"

یہ گانا بھی ختم ہوا۔

"یہ کافی ہے۔ اب کل۔۔۔" میں نے کہا اور گراموفون بند کر دیا۔ لالٹین بجھا دی۔ ایک بیڑی جلائی اور لیٹ کر بیڑی پیتا رہا۔ میرے قریب ہی میری ٹارچ اور گھڑی رکھی ہوئی تھی۔

لیٹنے سے پہلے میں نے بالکونی میں کھلنے والے دروازے کو بند کیا۔ اس وقت دس بج رہے ہوں گے۔ میں لیٹ کر سننے کی کوشش کرتا رہا۔ میں کچھ بھی نہ سن سکا سوائے خود اپنی گھڑی کی ٹک ٹک کے۔ منٹ اور گھنٹے گذرتے رہے۔ کوئی خوف نہیں تھا۔ میرے

ذہن میں اگر کوئی احساس تھا تو وہ پر سکون چوکنے پن کا احساس تھا۔ یہ کیفیت میرے لیے کوئی نئی نہیں تھی۔ اپنی بیس سالہ تنہائی کی زندگی میں مجھے بہت سے ایسے تجربات ہوئے تھے جن کے معنی اور مطلب میں سمجھ نہیں پایا تھا۔ اس لیے میری توجہ حال اور ماضی کے بیچ میں بھٹکتی رہی۔ اس سارے عرصے میں دروازے پر دستک یا پانی بہنے کی آواز سننے کے لیے میں کان لگائے رہا۔ کیا میں گلا گھونٹے جانے کی تکلیف محسوس کروں گا؟ میں تین بجے تک یوں ہی کان لگائے رہا۔

میں نے کچھ نہیں سنا، مجھے کوئی بات محسوس بھی نہیں ہوئی۔۔۔ مکمل خاموشی۔ میں سو گیا۔ میں نے کوئی خواب نہیں دیکھا۔ دوسرے دن صبح کے نو بجے اٹھا۔

کچھ بھی تو نہیں ہوا۔

"بھار گوی کٹی! بہت بہت شکریہ۔۔۔ اب میری سمجھ میں آیا ہے۔ لوگ تم میں عیب لگاتے ہیں، بھار گوی کٹی اور بغیر کسی سبب کے۔ وہ جو چاہیں انہیں بکنے دو۔ کیا تم یوں نہیں سوچتی ہو؟"

شب و روز یوں ہی گذرتے رہے۔ اکثر راتوں میں جب لکھتے لکھتے میں تھک جاتا تو گانے سنتا۔ ہر گانے سے پہلے میں گانے والے یا گانے والی کے نام کا اعلان کرتا اور ساتھ ہی گانے کے معنی بھی بتا دیتا۔ میں کہتا، "اگلا گانا بنگالی گلوکار پنکج ملک نے گایا ہے۔ یہ ایک درد بھرا گیت ہے جسے سن کر گذرے ہوئے دنوں کی یاد تازہ ہو جاتی ہے، گذر گئے وہ زمانے کیسے۔۔۔ کیسے۔۔۔" یا پھر یہ کہتا، "یہ گانا بنگ کراسبی کا گایا ہوا ہے، ان دی مون لائٹ۔ جس کا مطلب ہے۔۔۔ مگر تم تو گریجویٹ ہو۔۔۔ معاف کرنا۔"

یہ سب باتیں میں خود اپنے آپ سے کہتا۔ اسی طرح ڈھائی مہینے گذر گئے۔ یہاں کے قیام کے اس زمانے میں میں نے ایک چھوٹا سا باغیچہ لگایا اور اس کی دیکھ بھال کر کے

ایک اچھا خاصا باغ بنالیا۔ اس باغ میں جب کبھی بھی پھول کھلے، میں نے اعلان کیا کہ یہ پھول بھارگوی کٹی کے لیے ہیں۔ اس دوران میں نے ایک چھوٹا سا ناول لکھا۔ بہت سے دوست وقتاً فوقتاً مجھ سے ملنے آتے رہے۔ ان میں سے بہت سے دوستوں نے میرے ساتھ رات بھی یہیں گذاری۔ اس سے پہلے وہ سونے جائیں، میں خاموشی سے نیچے جاتا اور دھیمے لہجے میں تاریکی کے اندر کہتا، "دیکھو بھارگوی کٹی! آج کی رات میرے کچھ دوست یہاں رہ رہے ہیں۔ برائے مہربانی ان کے گلے دبا کر انہیں مار نہ دینا۔ اگر اس طرح کی کوئی بات ہوئی تو پولیس والے مجھے پکڑیں گے۔۔۔ خیال رکھنا۔ شب بخیر!"

عموماً گھر سے باہر نکلنے سے پہلے میں کہتا تھا، "بھارگوی کٹی! گھر کا خیال رکھنا۔ اگر کوئی چور آئے تو تم اس کا گلا دبا کر اسے مار سکتی ہو۔ مگر اس کی لاش یہاں نہ چھوڑنا، بلکہ اسے یہاں سے تین میل دور لے جا کر ڈال دینا۔ نہیں تو ہم لوگ مصیبت میں پھنس جائیں گے۔"

سنیما کا دیر رات کا شو دیکھ کر جب واپس آتا تو میں زور سے پکار کر کہتا، "یہ میں ہوں۔"

یہ سب کچھ میرے وہاں کے قیام کے پہلے چند مہینوں میں تھا۔ وقت گذرنے کے ساتھ ساتھ میں بھارگوی کو بھولنے لگا۔ مطلب یہ کہ میں اس سے اب بہت باتیں نہیں کرتا تھا۔ کبھی کبھی اسے یاد کر لیتا اور بس۔

روئے زمین پر اس دنیا میں آدم کے آنے کے وقت سے اب تک، لاتعداد، سیکڑوں ہزاروں مرد و زن مرے ہیں۔ وہ سب کے سب مٹی میں مل گئے، دھول بن گئے۔ یہ بات ہم سب ہی جانتے ہیں۔ بھارگوی ان سب کی یاد کی شکل میں باقی رہ گئی۔ میں اس کے بارے میں اسی طرح سوچتا تھا۔

پھر ایک رات ایک واقعہ ہوا۔

رات کے دس بجے ہوں گے۔ میں نو بجے سے بیٹھا ہوا ایک کہانی لکھ رہا تھا۔ کہانی کا یہ حصہ بڑا جذباتی تھا۔ میں بھی بڑی بے قراری سے لکھ رہا تھا کہ میں نے محسوس کیا روشنی آہستہ آہستہ ہلکی ہوتی جا رہی ہے۔ میں نے لالٹین اٹھائی اور اسے ہلایا۔ اس میں تیل بالکل ختم ہو چکا تھا۔ اس کے باوجود میں نے سوچا کہ میں ایک اور صفحہ تو لکھ ہی سکتا ہوں۔ یہ کوئی بہت سوچی سمجھی نیت نہیں تھی۔ میری تمام توجہ اس کہانی پر تھی جو میں لکھ رہا تھا۔ روشنی اگر کم ہو جائے تو آدمی کا فطری رد عمل کیا ہو گا؟ یہی نا کہ وہ معلوم کرے کہ آیا تیل کافی ہے یا نہیں۔۔۔ جیسا کہ میں نے کیا تھا۔ میں نے بتی اونچی کی اور لکھتا رہا۔ روشنی پھر کم ہو گئی۔ میں نے بتی پھر اونچی کر دی۔ یہ سلسلہ چلتا رہا، یہاں تک کہ لالٹین کی بتی چار انچ لمبی اور آدھی انچ چوڑی چمکتی ہوئی شے بن گئی۔

میں نے ٹارچ جلائی اور لالٹین کی بتی کو بالکل نیچے کر دیا۔ یہ بتانے کی ضرورت نہیں ہے کہ لالٹین بجھ گئی۔

'روشنی کے لیے عموماً کیا انتظام کرنا ہوتا ہے؟' میں نے اپنے آپ سے سوال کیا۔ مجھے یاد آیا کہ میں بینک جا سکتا ہوں۔ میرے دوست کلرک بینک کی عمارت کے ایک حصے میں رہتے تھے۔ میں ان کے اسٹوو سے کچھ تیل ادھار مانگ سکتا ہوں۔ میں نے ٹارچ لی اور مٹی کے تیل کی بوتل اٹھائی۔ کمرے کے دروازے کو تالا لگایا، نیچے اترا اور سامنے کے دروازے میں تالا لگا کر باہر نکلا۔ گیٹ کو بند کیا اور سڑک پر آ گیا۔ چاندنی دھندلی تھی۔ آسمان پر بادل تھے۔

میں تیز تیز چلنے لگا۔

میں بینک کے سامنے پہنچا، ایک نظر اوپر ڈالی، پھر ایک کلرک دوست کا نام لے کر

پکارا۔ میرے دو تین بار آواز لگانے کے بعد ان میں سے ایک نیچے آیا۔ اس نے گیٹ میں بنی ہوئی کھڑکی کھول دی۔ ہم عمارت کے ساتھ ساتھ چل کر پیچھے بنے ہوئے زینے پر چڑھے۔ یہاں میں نے دیکھا کہ باقی تین دوست تاش کھیلنے میں مصروف ہیں۔ جب میں نے ان لوگوں سے مٹی کے تیل کی فرمائش کی تو ان میں سے ایک ہنس کر بولا، "بھارگوی سے تیل لانے کے لیے نہیں کہہ سکتے تھے؟" یہ سن کر میں بھی ہنس دیا مگر میں نے کہا کچھ نہیں۔ ایک دوست چولہے سے تیل نکال ہی رہا تھا کہ بارش شروع ہوگئی۔

"تم لوگ مجھے ایک چھتری بھی دو۔" میں نے کہا۔

انہوں نے کہا، "چھتری کی فکر چھوڑو، ہمارے پاس یہاں کوئی چھڑی تک نہیں ہے جس سے چھتری بنائی جاسکے۔۔۔ آؤ تاش کھیلتے ہیں۔ تم بارش رکنے کے بعد چلے جانا۔"

چنانچہ میں تاش کھیلنے بیٹھ گیا۔ میں اور میرا ساتھی تین بار ہارے۔ وجہ صرف یہ تھی کہ میں کھیل میں پورے طور پر دلچسپی نہ لے سکا۔ میرا دماغ تو اس کہانی میں لگا ہوا تھا جو میں لکھ رہا تھا۔ کوئی ایک بجے کے قریب بارش رکی۔ میں نے ٹارچ اور تیل کی بوتل اٹھائی۔ دوست سونے کی تیاری کرنے لگے۔ جب میں نیچے اتر کر سڑک پر آگیا تو ان لوگوں نے روشنی بجھادی۔

سڑک سنسان تھی، نہ کوئی آمدورفت تھی اور نہ کوئی روشنی۔ میں چلتا رہا۔ روشنی کہیں بھی نہیں تھی۔ ایک موڑ مڑ کر گھر کی طرف چلا۔ ہلکی چاندنی میں ساری دنیا پر ایک کہر آلود سحر ساطاری تھا۔ مجھے نہیں معلوم کیا کیا خیالات میرے ذہن سے گذرے۔ شاید میں نے کسی خاص چیز کے بارے میں خاص طور پر سوچا بھی نہیں۔

میں ٹارچ کی روشنی میں سنسان اور خاموش سڑک پر چلتا رہا۔

گھر پہنچ گیا۔ گیٹ کھول کر اندر آیا۔ سامنے کا دروازہ کھولا، اندر داخل ہوا اور دروازہ

بند کر دیا۔ یہ سوچنے کی کوئی وجہ نہیں تھی کہ اوپر کوئی غیر معمولی بات ہوئی ہو گی۔ مگر مجھے یہاں پر ایک بات کا تذکرہ ضرور کر دینا چاہیے اور وہ یہ کہ میرے ذہن پر بغیر کسی معلوم سبب کے ایک اداسی اور غم ساطاری تھا۔ میر ارونے کو جی چاہتا تھا۔ میں ہنس تو بڑی آسانی سے سکتا ہوں مگر رونا مجھے بہت دشوار معلوم ہوتا ہے۔ آنسو کی ایک بوند بھی میری آنکھ میں بمشکل ہی آتا ہے۔ جب کبھی میں رونا چاہتا ہوں تو مجھے ایک عجیب الوپن کا احساس ہوتا ہے۔ اس وقت میں نے کچھ ایسا ہی محسوس کیا۔

اپنی اس ذہنی کیفیت کے ساتھ میں زینے پر چڑھا اور پھر۔۔۔ میری نظروں نے ایک عجیب وغریب غیر معمولی منظر دیکھا۔ میرے تحت الشعور پر یہ منظر نقش ہو گیا۔ واقعہ یہ ہوا۔ جب میں نے دروازہ بند کیا تھا اور وہاں سے چلا تھا، اس وقت تیل کے ختم ہو جانے کی وجہ سے لالٹین پورے طور پر بجھ چکی تھی۔ کمرہ بالکل تاریک تھا۔ اس کے بعد کچھ دیر بارش ہوئی تھی۔ تقریباً تین گھنٹے گذر چکے تھے۔ مگر اب کمرے میں روشنی تھی۔ وہ دروازے کی درزوں میں سے دکھائی دے رہی تھی۔۔۔ یہ وہی روشنی تھی جو میری آنکھوں نے دیکھی تھی اور جو میرے تحت الشعور میں نقش تھی۔ لیکن اس راز کو میرے شعور نے نہیں پہچانا تھا۔

حسب معمول میں نے اپنی کنجی نکالی، پھر ٹارچ کی روشنی تالے پر ڈالی۔ تالا چاندنی کی طرح چمکا۔ یا یہ کہنا زیادہ صحیح ہو گا کہ تالا روشنی میں مسکرا دیا۔

میں دروازہ کھول کر اندر گیا۔ تب میں نے وہ شے دیکھی۔ مطلب یہ کہ میرے سارے وجود پر اچانک یہ منکشف ہوا کہ یہ سب ہو کیا رہا ہے۔ میں ڈر کر لڑکھڑایا نہیں، اپنی جگہ مبہوت کھڑا رہا۔ مجھے گرمی سی محسوس ہوئی اور پسینہ بہنے لگا۔

سارا کمرہ اور اس کی سفید دیواریں ایک نیلی روشنی میں نہائی ہوئی تھیں۔ روشنی

لالٹین سے آرہی تھی۔۔۔ دوانچ لمبی روشنی کی نیلی لو۔ میں حیرت واستعجاب میں ڈوبا وہیں پر جم سا گیا۔

اس لالٹین کو کس نے جلایا جس میں تیل بالکل ختم ہو چکا تھا۔ یہ نیلی روشنی کہاں سے آرہی ہے؟

***

ٹائیگر

خشک سالی سے ملک کے اکثر لوگ کمزور ہو کر محض کھال اور ہڈیوں کے ڈھانچے رہ گئے تھے مگر ٹائیگر پر اس کا کوئی اثر نہیں ہوا تھا۔ خوش قسمت کتا!

آرام کرتے ہوئے ٹائیگر کو دیکھ کر یہ شبہ ہو سکتا تھا کہ یہ کوئی کمبل میں لپٹی ہوئی بڑی سی گٹھری ہے۔ وہ دوغلی نسل کا پلا تھا جو شہر کی ایک نالی میں پیدا ہوا تھا۔ اسے اپنے ماضی کے بارے میں کچھ نہیں معلوم تھا۔ اس کی یادداشت جہاں تک کام کرتی تھی، پولیس اسٹیشن اور اس کی چہار دیواری ہی اس کا گھر رہی تھی۔ بچپن سے وہ اسی چہار دیواری کے اندر آسمان کے چوکور ٹکڑے کو دیکھتے ہوئے کودتا پھاندتا رہا تھا۔

وہ اتنا سمجھدار تھا کہ پولیس والوں اور جیل کے قیدیوں کے فرق کو اچھی طرح سمجھتا تھا۔ ٹائیگر پولیس اسٹیشن کے ہر باسی کو جانتا تھا۔ انسپکٹر کے لیے وہ ایک مخصوص پاسداری کا بھی اظہار کرتا تھا۔ قیدی بھی انسپکٹر کی جابر آنکھوں اور ٹائیگر کی سرخی مائل بھوری آنکھوں کے تاثر کی مماثلت کا برملا تذکرہ کرتے تھے۔ حقیقت تو یہ تھی کہ یہ لوگ وہ اس تاثر کو ہر عام پولیس والے کی خصوصیت سمجھتے تھے۔

ٹائیگر حوالات کے تمام قیدیوں کو، قاتل، اچکے اور سیاسی نظر بند کی تخصیص کیے بغیر صرف "قیدی" سمجھتا تھا۔ جہاں تک خود اس کا تعلق تھا، اس کے نزدیک نوع انسان محض دو قسم کے لوگوں پر مشتمل تھی، پولیس والے اور مجرم۔

ہر حوالات میں پینتالیس قیدی تھے۔ ٹائیگر کے لیے یہ بات کسی اہمیت کی حامل نہیں تھی کہ ایک حوالات میں چار قیدی سیاسی کارکن تھے۔ اس نے صرف یہ دیکھا تھا کہ یہ سارے لوگ ایک ہی طرح کی تپتی ہوئی متعفن بھٹیوں میں رہتے ہیں، جن میں نہ روشنی آتی ہے اور نہ ہی تازہ ہوا کا کوئی گذر ہوتا ہے۔

کھٹملوں کے چبائے ہوئے، بدبودار چیتھڑوں میں لپٹے، بڑھی ہوئی داڑھیوں اور زرد چہروں والے یہ لوگ قابل نفرین، اذیت ناک زندگی گذار رہے تھے۔ روشنی اور اندھیرے کا احساس بھی اب ان کے اندر سے ختم ہو چکا تھا۔ کوٹھریوں سے نکلنے والی تکلیف دہ بدبو انسانی دل و دماغ کو گھن لگانے کے لیے کافی تھی مگر حیرت انگیز طور پر، اس بدبو کا قیدیوں پر کوئی اثر نہیں تھا۔ ان کے خیال کا محور، شب و روز، صرف کھانا تھا۔ کبھی آسودہ نہ ہونے والی بھوک ان کے پیٹوں کو ہر وقت کھرچتی رہتی تھی۔ وہ سونے جاتے تو صرف اس لیے کہ صبح اٹھنے پر انہیں چاول کی تھوڑی سی پیچ ملے گی۔ اسے کھانے کے بعد دوپہر کے کھانے کا انتظار کرنے لگتے اور پھر اس کھانے کا جو انہیں شام کو دیا جانے والا ہوتا۔

حوالات کے تمام قیدی بڑے بے چینی سے اپنی سزا اور پھر جیل بھیجے جانے کے منتظر رہتے تھے۔ ظاہر ہے کہ انہیں اپنی رہائی اور اپنے اوپر عائد کیے گیے الزاموں سے بری ہونے کی کوئی امید نہیں تھی۔ جیل قیدیوں کے لیے جنت ہے اور حوالات دوزخ۔

ٹائیگر جو حوالات میں مٹر گشت کرتا تھا، کبھی کبھی اس کے دروازے پر لیٹ بھی جاتا تھا۔ وہ قیدیوں کے غصے اور شدید ناراضگی کا ہدف رہتا تھا۔ ہر قیدی اپنے ان دلی جذبات کو اپنی آنکھوں سے ظاہر کر دیتا تھا، مگر اس سے ٹائیگر کو کوئی پریشانی نہیں تھی۔

انسپکٹر کے کھانا کھاتے وقت ٹائیگر دروازے پر پہرہ دیتا۔ خوب اچھی طرح اور

بڑھیا کھانا کھانے اور اطمینان کی ڈکار لینے کے بعد انسپکٹر کیلے کے پتے کو لپیٹ کر ٹائیگر کے سامنے ڈال دیتا۔ کیلے کے اس پتے پر بچا ہوا اتنا کھانا ہوتا تھا جو ایک آدمی کے لیے کافی تھا۔ اس بچے ہوئے کھانے کو دیکھ کر قیدیوں کے منھ میں پانی آجاتا تھا۔ ٹائیگر بہر حال اس کھانے کو دیکھتے ہی دیکھتے ہڑپ کر لیتا۔

کوتوالی کے احاطے میں گلے ہوئے درختوں کے ٹھنڈے ٹھنڈے کنج میں تھوڑی دیر سونے کے بعد ٹائیگر آکر حوالات کے دروازے پر کھڑا ہو جاتا۔ اس کی آنکھوں سے ایک موہوم سے تبسم کا اظہار ہوتا، جیسے کہہ رہا ہو کہ وہ ان لوگوں کے سارے رازوں سے واقف ہے۔ مگر قیدیوں کے خلاف لگائے گئے زیادہ تر الزامات جھوٹے تھے اور انسپکٹر اور پولیس والوں نے رشوت لے کر گڑھے تھے۔

ایک آدمی اگر ایک دفعہ چوری کا ملزم قرار پایا تو پھر زندگی میں ہر چوری کا ذمہ دار وہی رہتا۔ ظلم اور زیادتیوں کے بوجھ تلے دب کر یہ لوگ ان جرموں کو بھی قبول کر لیتے جو ان سے سرزد ہی نہیں ہوئے تھے۔ وہ مجسٹریٹ کے سامنے بھی عدالت میں پولیس کی دہشت ناک موجودگی کی وجہ سے جرم کا اقرار کر لیتے۔

جہاں تک پولیس والوں کی زبوں حالی کی بات ہے تو ان کی ماہانہ تنخواہ کسی قیدی کی روزانہ خوراک کے لیے مقرر کی گئی ماہانہ رقم کے تیسویں حصے سے بھی کم ہوتی ہے۔ تو پھر ایک پولیس والا دوسرے ذرائع سے اپنی آمدنی میں اضافہ کیے بغیر اپنے خاندان کی روٹی کا کیونکر انتظام کر سکتا ہے؟

جھنجھلائے ہوئے قیدی اپنی کوٹھری کی سلاخوں سے اپنے ہاتھ نکال کر چربی چڑھے ہوئے اس کتے کو یہ کہتے ہوئے کچوکے دیتے، "یہ چربی ہمارے ہی کھانے کی بدولت ہے۔" ٹائیگر جواب میں دم ہلا کر ان کی طرف اس طرح دیکھتا گویا کہہ رہا ہو، "ہاں، یہ

زندگی کی ستم ظریفیاں ہیں اور ان کو بدلا نہیں جاسکتا۔"

شروع شروع میں کچھ قیدیوں نے شکایت کی کہ ان کو ملنے والی خوراک کی تعداد اس مقدار سے کم ہوتی ہے جو سرکار کی طرف سے ان کے لیے منظور ہوئی ہے۔ انہوں نے اس حصے کا مطالبہ کیا جس کے وہ حقدار تھے۔ کھانے کے اس مطالبے پر انہیں ملا کیا؟ کانسٹبلوں کے گھونسے اور انسپکٹر کی لاتیں اور دبی آواز میں گالیاں، "سرکار نے منظور کیا ہے؟ سرکار سالی تمہاری باپ لگتی ہے نا؟" قیدیوں نے جواب دیا، "سرکار سالی تو ہر ایک کی باپ ہے۔ سرکار ٹائیگر ہے۔"

کیا یہ تشبیہ موزوں تھی؟

سائیکل کے ہینڈل جیسی مونچھیں رکھے بڑے پیٹ والا ایک ٹھیکیدار قیدیوں کے لیے کھانا سپلائی کرتا تھا۔ اس آدمی نے بہت چھوٹے پیمانے پر کاروبار شروع کیا تھا، مگر انہی قیدیوں کی وجہ سے دیکھتے ہی دیکھتے خوش حال ہو گیا۔ انسپکٹر اور محرر دونوں کو اس کے ہوٹل پر روزانہ کھانا اور کافی تو ملتی ہی تھی، اس کے علاوہ ٹھیکیدار انہیں ایک مقرر رقم بھی دیتا تھا۔ کاروبار میں اگر گھاٹا ہو جاتا تو اسے قیدیوں کے روزانہ راشن میں کمی کر کے پورا کر لیا جاتا۔ قیدی اگر بھوکے بھی مر جاتے تب بھی کون تھا جو اس پر سوال کر سکتا؟

مجسٹریٹ سے شکایت کرنے کا اگر کسی کو خیال آتا تو اسے انسپکٹر کے بے رحم کوڑے یاد آجاتے اور وہ خود ہی اچھے برے کا فیصلہ کر لیتا۔ وقت گذرنے کے ساتھ ساتھ ان لوگوں نے اپنی شکایتوں کا ذکر ہی چھوڑ دیا۔ مگر انہوں نے اپنا بدلہ ٹائیگر سے نکالا۔

انسپکٹر کی سمجھ میں یہ نہیں آتا تھا کہ قیدی اس بیچارے کو ناپسند کیوں کرتے ہیں۔ یہ لوگ اسے تکلیف پہنچانے کا کوئی موقع ہاتھ سے جانے نہیں دیتے تھے اور کتا ان کے ارادوں کا احساس ہوتے ہی رونا شروع کر دیتا تھا۔ رونے کی آواز سنتے ہی انسپکٹر بید لہراتا

ہوا اپنے کمرے سے باہر آتا اور پوچھتا، "کون بدمعاش ہے جو ٹائیگر کو تنگ کر رہا ہے؟ ارے بدمعاشو! میں نے تم سے کہا نہیں ہے کہ اسے مت تنگ کیا کرو؟ چلو اب جس نے بھی یہ کیا ہے اپنا ہاتھ پھیلائے۔"

سلاخوں میں سے ایک ہاتھ باہر نکلتا، انسپکٹر اس کی انگلیاں مضبوطی سے پکڑ کر اس کی کلائی پر ضربیں لگانا شروع کر دیتا، چیخوں کی آواز آس پاس گونجنے لگتی اور نئے زخموں سے خون کی دھاریں بہنے لگتیں۔

ٹائیگر آتا اور فرش پر ٹپکے ہوئے خون کی بوندیں اپنی زبان سے چاٹ کر فرش کو صاف کر دیتا۔ یہ سزا قیدیوں کو اکساتی کہ وہ ٹائیگر کو مزید تنگ کریں۔ وہ اپنی حماقت کو پھر دہراتے اور اس حقیقت کے باوجود کہ ان میں سے ہر ایک ٹائیگر کو چھیڑنے کی پاداش میں کبھی نہ کبھی ایسی سزا بھگت چکا تھا۔ کتے میں بھی اس غصے کو بھڑکانے کا رجحان تھا۔

ٹائیگر بزدل تھا۔ پولیس چوکی کی چہار دیواری سے شاید ہی کبھی باہر نکلتا ہو۔ اگر کوئی آوارہ کتا کبھی چوکی کے احاطے میں آجاتا تو وہ اس پر بے پناہ بھونکتا تھا۔ ایسے وقت اس کی درندگی بالکل اصلی شیروں جیسی ہوتی تھی۔ اس کے برعکس اگر کبھی اتفاق سے اس کا سامنا اپنے محدود علاقے سے باہر کسی مریل کتے سے بھی ہو جاتا تو وہ فوراً اپنی دم دونوں پچھلی ٹانگوں کے بیچ میں دبا کر واپس ہو لیتا تھا۔

ایسا ایک منظر دیکھ کر ایک سیاسی قیدی نے کہا، "یہ ہیں ہمارے انسپکٹر صاحب!" اس کے ساتھی نے ایک بڑے فلسفیانہ انداز میں فرمایا کہ ہر شخص کے دل کے ایک گوشے میں ایک انسپکٹر چھپا ہوا ہوتا ہے۔ اس کی اس بات نے اس کے اور اس کے تین ساتھیوں کے درمیان بڑی گرما گرم بحث چھیڑ دی۔

جب بحث اپنے نقطہ عروج پر پہنچی، غیر متوقع طور پر انسپکٹر آگیا اور اس گرما گرمی

کے بارے میں پوچھنے لگا۔ انہوں نے کوئی جواب نہیں دیا۔ انسپکٹر نے سنتری سے دروازہ کھولنے کے لیے کہا اور اس اچھی خبر کا اعلان کیا کہ ان لوگوں کے ملاقاتی آئے ہیں۔ فلسفی کے ملاقاتی بہت سے سنترے اور دوسری بہت سی کھانے کی چیزیں لائے تھے۔ دو سنترے تو فوراً ہی انسپکٹر نے چکھ لیے۔ باقی کھانا قیدیوں نے باتوں کے دوران کھالیا۔

ملاقاتیوں کے پاس سنانے کے لیے کوئی نئی خبر نہیں تھی۔ جو خبریں وہ لائے تھے وہ سب جانی ہوئی خبریں تھیں۔۔۔ جنگ کے بارے میں، بڑھتی ہوئی قیمتوں کے بارے میں، قحط کے بارے میں۔ جس قیدی نے بحث کا آغاز کیا تھا، کہا کہ قحط سالی نے ان پر بھی اثر ڈالا ہے۔ ملاقاتیوں نے حیرت کا اظہار کرتے ہوئے کہا، "تم؟ کیا تم ان خوش قسمت لوگوں میں سے نہیں ہو جنہیں خوب کھانا ملتا ہے اور جو باہر کی دنیا کے مسائل سے بالکل محفوظ ہیں؟"

دروازے کے پاس کھڑے ہوئے ٹائیگر کی طرف اشارہ کرتے ہوئے فلسفی نے کہا، "کاش ہم اس کتے جتنے ہی خوش قسمت ہوتے!" ہر شخص، بشمول انسپکٹر یہ سن کر ہنس پڑا۔

اس شام یہ قیدی جیل سے ملنے والے کھانے کے ساتھ انصاف نہ کر سکے اس لیے کہ ان کے پیٹ خوب بھرے ہوئے تھے۔ انہوں نے بچے ہوئے کھانے کو اکٹھا کیا اور ان لوگوں کی کوٹھریوں کے سامنے رکھ دیا جن کو اندر بند کیا جا چکا تھا۔

سلاخوں کے پیچھے سے بائیس قیدیوں نے سامنے رکھے ہوئے کھانے کو بڑی والہانہ نظروں سے دیکھا۔ ان میں سے ایک نے بڑی احتیاط سے کیلے کے پتے کو سلاخوں سے اندر کھینچ لیا۔ ایسا کرتے ہوئے کچھ کھانا فرش پر گر گیا۔ چشم زدن میں ٹائیگر اسے کھانے کے لیے وہاں موجود تھا۔ قیدیوں میں سے ایک نے کھانا تقسیم کیا، باقی لوگ پیچھے رہے۔ کر چھا بھر کھانا بھی ہر شخص کے لیے کافی نہیں تھا۔ صرف پانچ آدمیوں کو تھوڑا تھوڑا کھانا

دیا جاسکا۔

اس دوران ٹائیگر نے فرش اور کوٹھری کی سلاخوں پر گرے ہوئے سالن کو چاٹنا شروع کر دیا تھا۔ ایک قیدی نے اس کے منھ پر لات مار دی۔ مار سے وہ اس طرح چلایا جیسے اس کی زندگی ہی خطرے میں پڑ گئی ہو۔ سنتری دوڑا ہوا آیا۔ اس کے پیچھے کچھ پولیس والے اور انسپکٹر۔ انسپکٹر نے ان قیدیوں کی ہتھیلیوں کے پیالوں میں جو تھوڑے سے چاول تھے وہ ان سے واپس کیلے کے پتے پر رکھوا لیے۔ قیدیوں کے لیے یہ ایسا ہی تھا جیسے ان کے دل نوچ لیے گئے ہوں۔ یہ سب جب ہو گیا تو کیلے کا پتا ٹائیگر کے سامنے رکھ دیا گیا۔

تقریباً ان کے حلق سے کھانا نکال لینے پر بھی انسپکٹر کو اطمینان نہیں ہوا۔ اس نے سنتری سے کوٹھری کا دروازہ کھلوایا اور اندر جا کر بائیس کے بائیس قیدیوں پر گھونسوں اور لاتوں کی بارش کر دی۔

رات کے دس بجے ہوں گے کہ پولیس اسٹیشن کان کے پردے پھاڑ دینے والی کتے کے بھونکنے کی آواز سے گونج اٹھا۔ ٹائیگر مسلسل بھونکے جا رہا تھا۔ اس کی دردناک اور تکلیف دہ آواز سے ہر شخص جاگ گیا۔ ایک سنتری بھاگا ہوا موقع پر پہنچا۔ اس نے دو قیدیوں کو دیکھا کہ وہ ٹائیگر کے سر کو سلاخوں میں سے کھینچ کر کوٹھری کے اندر کرنے کی کوشش کر رہے ہیں۔ اس نے ان میں سے ایک کو چوری کے ایک معاملے میں ملوث قیدی کی حیثیت سے پہچان لیا۔

انسپکٹر نے اس قیدی کو کوٹھری سے باہر نکلوایا اور اس پر تھپڑوں، گھونسوں اور لاتوں کی بارش شروع کر دی۔ قیدی کے سینے سے خون بہہ نکلا اور زمین پر بڑا سا لال دھبا بنتا گیا۔ قیدی کا ایک دانت بھی نکل کر وہاں گر پڑا۔ ٹائیگر پھر آیا اور اس نے چاٹ چاٹ کر فرش صاف کر دیا۔ اس منظر کو نو پولیس والوں اور پینتالیس قیدیوں نے دیکھا۔

"دوسرا کون تھا؟" انسپکٹر نے پہلے مجرم سے پوچھا، مگر اس نے کوئی جواب نہیں دیا۔ اس کی ٹانگیں لوہے کی سلاخوں کے بیچ سے نکال کر آپس میں باندھ دی گئیں۔ انسپکٹر نے پوری طاقت سے اس کے تلوؤں پر ضربیں لگانا شروع کیں۔ تلوے جگہ جگہ سے پھٹ گئے۔ ان شگافوں سے خون ابلنے لگا۔ ٹائیگر نے اپنی کھردری زبان سے خون کو چاٹنا شروع کر دیا۔

آدمی ساکت پڑا ہوا ہے۔۔۔ بے ہوش۔

***

سانپ اور آئینہ

"کیا کبھی تمہارے جسم کے کسی حصے پر کوئی سانپ لپٹا ہے؟ بپھرا ہوا کوبرا؟" جواب میں ہم سب خاموش ہو گئے۔ سوال ہومیو پیتھ نے کیا تھا۔ مسئلہ اس وقت سامنے آیا جب ہم سانپوں کا تذکرہ کر رہے تھے۔ ڈاکٹر اپنا قصہ بیان کر رہا تھا اور ہم سب لوگ بڑی توجہ سے سن رہے تھے۔

گرمیوں کی رات تھی۔ وقت تقریباً دس بجے کا تھا۔ میں نے ریستوراں میں کھانا کھایا اور کمرے پر واپس آ گیا۔ جوں ہی میں نے کمرے کا دروازہ کھولا، مجھے اوپر کہیں سے کھڑکھڑاہٹ کی آواز آئی۔ آواز میرے لیے نامانوس نہیں تھی۔ کمرے میں رہنے والا میں تھا اور چوہے۔ میں نے اپنی ماچس کی ڈبیا نکالی اور میز پر رکھا ہوا لیمپ جلایا۔

کمرے میں بجلی نہیں تھی۔ یہ کرایے پر لیا ہوا ایک چھوٹا سا کمرہ تھا۔ میں نے ابھی کچھ ہی دن ہوئے، اپنی میڈیکل پریکٹس شروع کی تھی۔ آمدنی بھی ابھی بہت معمولی سی تھی۔ میرے سوٹ کیس میں تقریباً آٹھ سو روپے پڑے ہوئے تھے۔ اس کے ساتھ چند قمیصیں اور چند دھوتیاں۔ میرے پاس ایک اکلوتا کالا کوٹ بھی تھا جو میں اس وقت پہنے ہوئے تھا۔

میں نے اپنا کالا کوٹ، سفید قمیص اور بنیائن، جو بہت سفید نہیں تھی، اتاری اور ان سب کو ٹانگ دیا۔ میں نے کمرے کی دونوں کھڑکیاں کھول دیں۔ یہ کمرہ باہر کے رخ بنا ہوا

تھا، جس کی ایک دیوار کھلے ہوئے احاطے کی طرف تھی۔ کھپریلوں والا لمبا سائبان دیوار پر رکھے ہوئے شہتیر پر ٹکا تھا۔ کمرے پر باقاعدہ چھت نہیں تھی۔ شہتیر کے نیچے سے چوہوں کی آمدورفت ہمہ وقت کا سلسلہ تھا۔ میں نے اپنا بستر ٹھیک کیا اور پلنگ کو کھینچ کر دیوار کے قریب کر لیا۔ لیٹا مگر نیند نہیں آئی اور میں سو نہ سکا۔ میں تھوڑی سی تازہ ہوا کھانے کے لیے اٹھ کر برآمدے میں گیا مگر ہوا کے دیوتا شاید اس وقت آرام کر رہے تھے۔

میں کمرے میں واپس آ کر کرسی پر بیٹھ گیا۔ میز کی دراز کھول کر میں نے اپنی "میٹیریا میڈیکا" نکالی۔ کتاب میں نے میز پر رکھ لی، جہاں لیمپ بھی رکھا ہوا تھا اور اس کے ساتھ ایک بڑا سا آئینہ بھی۔ آئینے کے ساتھ ہی ایک چھوٹا سا کنگھا بھی تھا۔ جب آئینہ قریب ہو تو آدمی کے دل میں اس میں دیکھنے کی خواہش بھی پیدا ہوتی ہے۔ میں نے ایک نظر ڈالی۔ اس زمانے میں حسن پرستی مجھ پر طاری تھی اور مجھے خود اپنے آپ کو نک سک سے درست رکھنے کا شوق تھا۔ تب میں غیر شادی شدہ تھا اور ڈاکٹر تھا۔ مجھے لگتا تھا کہ مجھے اپنے وجود کا احساس دلانا چاہیے۔ میں نے کنگھا اٹھایا، بالوں میں کیا اور مانگ اچھی طرح سے ٹھیک کی تاکہ وہ سیدھے اور سلیقے کی لگے۔ تب اوپر سے آتی ہوئی کھرکھراہٹ کی آواز میں نے پھر سنی۔

میں نے آئینے میں اپنے چہرے کو غور سے دیکھا اور پھر ایک اہم فیصلہ کیا۔ میں شیو ہر روز کیا کروں گا اور باریک سی مونچھیں رکھوں گا تاکہ کچھ اور خوبصورت لگوں میں، بہرحال کنوارا تھا اور ڈاکٹر تھا۔

میں نے آئینے میں دیکھا اور مسکرایا۔ یہ ہنسی بہت دلکش تھی۔ میں نے ایک اور لرزہ خیز فیصلہ کیا۔ مزید خوبصورت نظر آنے کے لیے میں یہ دلکش تبسم ہر وقت اور ہمیشہ

اپنے ہونٹوں پر رکھوں گا۔ میں بہر حال بیچلر تھا اور مزید یہ کہ ایک ڈاکٹر بھی تھا!

کھر کھراہٹ کی وہی آواز اوپر سے پھر آئی۔

میں اٹھ کر کھڑا ہو گیا۔ ایک بیڑی جلائی اور کمرے کے اندر ٹہلنے لگا۔ اس وقت ایک خوبصورت خیال میرے دل میں آیا۔ مجھے شادی کر لینا چاہیے۔ میں کسی ایسی عورت سے شادی کروں گا جو خود ڈاکٹر ہو، اس کے پاس بہت دولت ہو اور اس کی پریکٹس اچھی چل رہی ہو۔ اسے فربہ ہونا چاہئے۔ اس کی ایک معقول وجہ تھی۔ اگر کبھی مجھ سے کوئی احمقانہ غلطی سرزد ہو جائے اور مجھے بھاگنے کی ضرورت پڑے تو اس میں میرے پیچھے بھاگ کر مجھے پکڑ لینے کی صلاحیت نہیں ہونا چاہئے۔

ذہن میں ان ہی خیالات کو لیے ہوئے میں میز کے سامنے کرسی پر بیٹھ گیا۔ اوپر سے آنے والی کھر کھراہٹ کی آواز ختم ہو چکی تھی۔ اچانک دھپ سے کسی چیز کے گرنے کی آواز آئی جیسے کوئی ربڑ کا پائپ زمین پر گرا ہو۔ یقیناً یہ کوئی ایسی بات نہیں تھی جس کے لیے بہت پریشان ہوا جائے۔ اس کے باوجود میں نے سوچا کہ اٹھ کر ادھر ادھر ایک نظر ڈال لوں۔ ابھی میں ذرا سا مڑا ہی تھا کہ ایک موٹا سا سانپ کرسی کی پشت سے رینگتا ہوا آیا اور میرے کندھے پر آ کر رک گیا۔ میرا مڑنا اور سانپ کا کندھے پر آنا تقریباً ساتھ ہی ساتھ ہوا۔

میں نہ تو اچھلا اور نہ ہی ہلا۔ میں چیخا چلایا بھی نہیں۔ ایسا کچھ کرنے کا موقع بھی نہیں تھا۔ سانپ میرے شانے کے قریب رینگا اور میرے بائیں بازو میں کہنی سے کندھے تک لپٹ گیا۔ اس کا پھن پھیلا ہوا تھا اور سر میرے منہ سے بمشکل تین چار انچ کے فاصلے پر ہو گا۔ یہ کہنا صحیح نہیں ہو گا کہ میں وہاں اپنی سانس روکے بیٹھا رہا۔۔۔ میں پتھر ہو چکا تھا مگر میرا دماغ بہت تیزی سے کام کر رہا تھا۔ دروازہ تاریکی میں کھلا تھا۔ سارے کمرے میں

اندھیرا پھیلا ہوا تھا۔ لیمپ کی روشنی میں میں گوشت پوست کا ہونے کے باوجود پتھر کے ایک بت کی طرح کرسی پر اور آئینے کے اندر اپنے عکس میں بیٹھا ہوا تھا۔

اس وقت مجھے اس دنیا، بلکہ اس ساری کائنات کے خالق کی عظیم کی موجودگی کا احساس ہوا۔ خدا موجود ہے۔ فرض کیجیے میں نے کچھ کہا ہو اور اسے پسند نہ آیا ہو؟ میں نے اپنے تصور میں، اپنے دل کے باہر، جلی اور سنہرے الفاظ میں لکھنے کی کوشش کی، "یا اللہ۔"

میرے بائیں ہاتھ میں کچھ درد ہوا۔ ایسا لگا جیسے سیسے کی ایک موٹی سلاخ۔۔۔ نہیں، پگھلی آگ سے بنی ہوئی سلاخ۔۔۔ دھیرے دھیرے مگر یقینی طور پر میرے بازو کو مسل رہی تھی، بھینچ رہی تھی۔ بازو کی ساری قوت زائل ہونا شروع ہوئی۔ میں کیا کروں؟ میری خفیف سی حرکت پر سانپ مجھے کاٹ سکتا ہے۔ موت مجھ سے چار انچ کی دوری پر تھی۔ فرض کیجیے یہ مجھے کاٹ لے تو مجھے کون سی دوا لینی ہو گی؟ کمرے میں کوئی دوا نہیں تھی۔ میں ایک بے چارہ، بے وقوف اور احمق ڈاکٹر تھا۔ میں اپنی جان کو درپیش خطرے کو بھول گیا۔ مجھے خود اپنے آپ پر ہنسی آگئی۔ ایک کمزور، نحیف و نزار تبسم۔

ایسا لگا جیسے میری یہ ادا اللہ میاں کو پسند آگئی۔ سانپ نے اپنا سر موڑا۔ اس نے آئینے میں اپنا عکس دیکھا۔ میں یہ دعویٰ تو نہیں کرتا کہ یہ پہلا سانپ تھا جس نے کبھی کسی آئینے میں دیکھا ہو۔ مگر یہ بہرحال حقیقت تھی کہ سانپ آئینے میں دیکھ رہا تھا۔ کیا وہ خود اپنے حسن سے مسحور ہو رہا تھا؟ کیا وہ مونچھیں رکھنے، آئی شیڈ یا مسکارا لگانے یا اپنی پیشانی پر ٹیکا چسپاں کرنے کے بارے میں کوئی اہم فیصلہ کرنے کی کوشش کر رہا تھا؟

میں یقین سے کچھ نہیں کہہ سکتا۔ اس سانپ کی جنس کیا تھی۔۔۔ نر یا مادہ؟ مجھے یہ کبھی نہ معلوم ہو گا، کیونکہ سانپ نے اپنے بلوں کو میرے بازو سے کھولا اور رینگ کر

میری گود میں آگیا۔ وہاں سے وہ میز پر چڑھا اور آئینے کی طرف چل پڑا۔ شاید وہ اپنے عکس سے زیادقریب ہو کر لطف اندوز ہونا چاہتا تھا۔

اب میں پتھر کا بت نہیں رہا تھا۔ اچانک میں گوشت پوست کا آدمی ہو گیا تھا۔ اپنی سانس بدستور روکے ہوئے میں کرسی سے کھڑا ہو گیا۔ خاموشی کے ساتھ دروازے سے نکل کر میں برآمدے میں چلا گیا۔ وہاں سے احاطے میں کودا اور بھاگا کہ اس وقت میں صرف میں یہی کرنے والا تھا۔

"شکر ہے!" ہم میں سے ہر ایک نے اطمینان کا لمبا سانس لیا۔ ہم سب نے بیڑیاں جلائیں۔ کسی نے پوچھا، "ڈاکٹر، کیا تمہاری بیوی موٹی ہے؟"

"نہیں۔" ڈاکٹر نے کہا، "خدا کی مرضی کچھ اور ہی تھی۔ میری جیون ساتھی نرکل کی طرح پتلی ہے اور انتہائی تیز قدم۔"

کسی دوسرے نے سوال کیا، "جب تم بھاگے تو کیا سانپ نے تمہارا پیچھا کیا؟"

ڈاکٹر نے جواب دیا، "میں بس بھاگے ہی چلا گیا یہاں تک کہ اپنے ایک دوست کے گھر پہنچ گیا۔ وہاں پہنچ کر میں نے سب سے پہلے تو اپنے سارے جسم پر تیل ملا، پھر نہایا، صاف کپڑے پہنے۔ دوسرے دن صبح کو میں اپنے دوست اور دو ایک دوسرے لوگوں کو لے کر اپنے کمرے پر گیا تاکہ وہاں سے اپنا سامان نکال سکوں۔ مگر ہمیں وہاں بہت کم سامان ملا۔ کسی چور نے میرا سامان چرا لیا تھا۔ کمرہ صاف ہو چکا تھا۔ چور نے آخری تذلیل کے لیے بس ایک چیز چھوڑ دی تھی۔"

"وہ کیا تھی؟" میرے دوست نے پوچھا۔

ڈاکٹر نے کہا، "میری گندی بنیائن۔ صفائی کا کیا ذوق تھا! ارے بدمعاش! اسے لے جاتا، صابن سے دھو کر پہن سکتا تھا۔"

"ڈاکٹر، تم نے دوسرے دن سانپ دیکھا؟"

ڈاکٹر ہنسا۔ "اس کے بعد آج تک نہیں دیکھا۔ یہ ایک ایسا سانپ تھا جو خود اپنے حسن سے مسحور تھا اور اپنے ہی حسن کا گرویدہ۔"

* * *

ہم عصر مراٹھی فکشن کے منتخب افسانے

سادھو

مصنف : جی۔ اے۔ کلکرنی

بین الاقوامی ایڈیشن جلد منظر عام پر آرہا ہے

www.ingramcontent.com/pod-product-compliance
Lightning Source LLC
LaVergne TN
LVHW010759051026
849532LV00007B/2408
9789369082971